우리는 원래 더 귀여웠다

KB207984

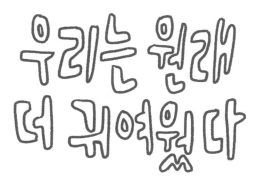

우리는 원래 더 귀여웠다

새콤달콤 레트로 탐구 생활

글·그림 **자토**

창비
교육

차례

'우리는 원래 더 귀여웠다'
투어에 오신 것을 환영합니다

기억 속
그들을 찾아

하지만 요정의 제안이
조금 다르다면요?

잠시만요!

올해 휴가는
특별하군. 뭘 더
챙겨야 할까?

그 시절로 떠나는
패키지 여행 상품도 있는데,
어떠신가요?!

제가 이번 달
실적이 부족해서
특가로….

한 번쯤 다녀오고 싶지 않으세요?

뚜닥
뚜닥

파닥

파닥

(···)

기억 속
그때, 그곳, 그것, 그들, 그 기분을
찾아서.

두근두근

파닥

파닥

얼마예요?
할부되나요?

매우 수상하지만
일단 결제합니다.

여전히 어딘가에
살고 있을 것만 같은.

짜잔!

'우리는 원래
더 귀여웠다'
투어를
신청해 주셔서
고맙습니다!

함께하는 동안 최대한
몽글몽글하게 모시겠습니다!

나에게도 어린 시절이 있었던가,
하는 생각이 들 만큼

그럼 이제 출발해 볼까요?

슝—

이쪽입니다.

어른에 익숙해진
여러분을 위해 준비했습니다.

잘 따라오세요~!

폴짝!

여행 준비물은

편한 복장,

맞아!
그랬었지!

적당한
기억력,

그리고 추억으로
따끈해질 마음입니다.

1부

그 많던 다마고치 똥은
누가 다 치웠을까

찐득찐득한 행복

각자 먹고 싶은 과자를 고르고,

자갈치가 당기는군.

사또밥? 쟈키쟈키?

엄마 친구.

안녕하세요~

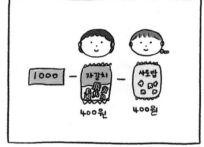

1000 — 자갈치 — 사또밥

400원   400원

과자 사 먹으렴.

감사합니다.

= 100 100

애매하게 남은 돈으로는

인사만 잘해도 돈이 생기던 시절.

하모니 슈퍼 가자!

와~

새콤달콤을 살 수 있었다.

포도맛 OK?

200원 끄덕끄덕

새콤달콤은
7개가 들어 있어서

그럼 남은 하나는 곧바로

3개씩
나누면

배배 꼬고

하나가
남았다.

쭈~욱 늘려서

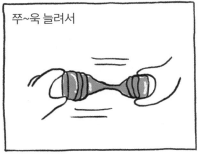

나눠 먹으며 집으로 돌아갔다.

어쩐지 그렇게 먹는 게
더 맛있어서
혼자서 남은 3개를 먹을 때도

손가락이
찐득찐득해지기
일쑤였다.

진정한 맛

그 시절 우리는 새콤달콤을 알뜰살뜰히 나눠 먹었다.
그 누구도 말한 적 없지만 새콤달콤은 당연히 나누어 먹는 것이었다.
새콤달콤의 진정한 맛은 나눔의 즐거움일지도 모르겠다.
남은 하나까지 배배 꼬고 쭈욱 늘려서 나누어 먹던, 그 작은 행복.

그 작고 소중한 마음을
어쩌다 잃어버리게 됐을까?

너무나 공평

3명일 때는,

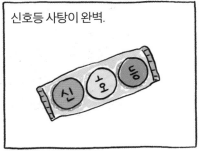

신호등 사탕이 완벽.

백 원으로 누리던
행복

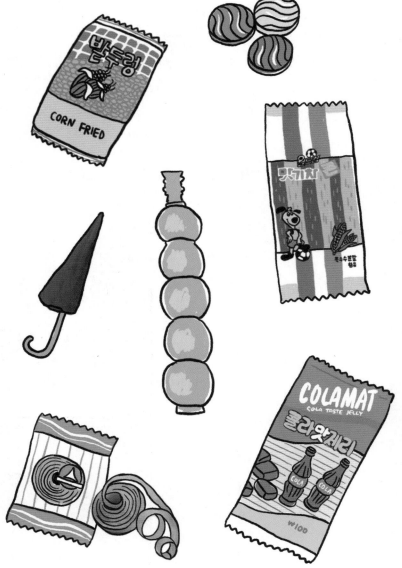

백 원으로 뭐 살까?

모두의 취미

그 스티커를 얻을 수 있는
단 하나의 방법은

오늘은 뭐가
나올까나~

몇몇 어린이들이 우표 수집에
열중했던 데 비해

뿌듯

슈퍼에서 빵을 사는 것이었다.

스티커가
랜덤으로
한 장씩
들어 있다.

모든 어린이들이 혈안이 되어
모으던 것이 있었으니,

뿌듯

뿌듯

뿌듯

그래서

스티커를 샀는데
빵도 주네~

ㅋㅋㅋ

라는 농담도 있었다.

그것은 바로 포켓몬스터 스티커!

노트나
책받침
같은 데
붙여서
모음.

으. 또 또도가스
나왔네.... 어제도
이거였는데.

냠냠

서로의 스티커를 구경하고

우아! 너 미뇽 두 개야?

응, 어제 나왔지.

나중엔 빵을 살 때 더 신중해져서

또 또도가스면 안 되는데….

내 또도가스랑 하나 바꿀래?

엥? 됐어.

이리 보고

알았어! 그럼 잠만보! 이거 진짜 아무도 없어.

보일 듯 보일 듯 안 보이네….

저리 보고

자!

거래 성사!

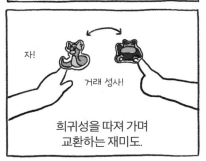

희귀성을 따져 가며 교환하는 재미도.

이…거 사야지.

헤헤

주인 아저씨의 눈총을 받았다.

나는 초코롤케이크를
제일 좋아했는데,

새로운 몬스터가 들어 있을 것 같은
다른 빵을 고르기도 했다.

고민….

초코
롤케이크

크림빵

스티커만 빼고
빵은 아예 버리는
아이들도 있어서

그걸 문제 삼는 뉴스가
보도되기도 했다.

사실 새로운 몬스터를 뽑을 수 있는
가장 좋은 방법은

옆 동네 슈퍼.

발품 팔기였다.

다른 동네에서 뽑아 온 스티커는
다른 아이들의 부러움을 샀지만

이브이 구경해도 돼?

오래 가진 못했다.
(3일 후)

우리 동네에도
들어옴.

나도 뽑았다!

그렇게 지속된 열풍 속에서

몇 년 전 화제의 게임
「포켓몬 GO」가 나왔을 때,

나는 열심히 모으던 스티커 수첩을
통째로 도둑맞아서

세월의 변화를 느끼는 동시에

열정이
급속도로
식고 말았고….

그렇게 추억 속으로
BYE BYE.

그때의 중독성이 떠올라
해 볼 엄두가 나지 않았다.

두 손이 무거울 땐

누구보다 열심히 모으던 포켓몬스터 스티커를 통째로 잃어버린 어린이의 기분은 어땠을까? 나는 생각보다 쉽게 훌훌 털어 버렸다. 내 손에서 몽땅 사라지니, 이상하게도 더는 희소한 스티커를 향한 열망도, 친구들의 스티커에 대한 관심도 생기지 않았다. 아마 나에겐 금방 새로운 취미가 생겼을 것이다.

중요하다고 생각해서 손에 꼭 쥔 채 놓지 못하는 것들이 있다. 그런데 오히려 그것들을 잃어버리고 마음이 편안해질 때가 있다. 특별하다고 생각하는 인연, 좋은 평판과 이미지, 수년간 쌓아 온 커리어 같은 것들 말이다. 지키기 버거운 상태라면 연연하지 말고 내려놓는 게 좋지 않을까. 포기하는 게 아니라, 진심을 알기 위해서. 깨끗해진 머리로 나에게 정말로 소중한 것이 무엇인지 생각해 볼 여유를 갖고, 가벼워진 양손으로 진정 내가 사랑하는 것들을 쥘 기회를 얻는 방법이 될 테니까.

필사적으로 놓치지 않으려고 했던, 그 '정성스러움'을 잃어버리면 어떻게 될까. 사실 아무 일도 일어나지 않는 건 아닐까.

다마고치는
어디로

아이들은 걱정했지만,

한때 다마고치 열풍이 불었다.

나는 그러지 않았다.

얼마나 거세게 불었나 하면,

내일부터 학교에 다마고치 가져오면 압수할 거예요!

학교에서 금지할 정도였다.

왜냐하면 다마고치가 없었기 때문.

그러던 중에 열린 운동회에서

점심시간에 정문 앞을
구경하다가,

마침 백 원이 있는데
뽑기나 해 볼까.

그리하여 나도 가까스로
다마고치 세계에 입문하게 되었다.

그렇게 다마고치를 열심히 키우며
유행을 만끽하던 중에…

이거 봐. 다 키웠더니
익룡이 됐어!

오~
멋지다!

공룡
버전.

그 후부터 긴 나날을 조르고 졸라서

방과후 만화 시청.

자토야
너 주머니에
다마고치
넣어 놨니?

겨우 새 다마고치를 얻게 됐지만,

최신 버전이에요.

정품
다마고치.
(비쌌음.)

어휴~

세탁기에서
이게 나왔어.

부풀어오른 다마고치.

응?

그새 유행이 지나가 버렸다.

흠….

혼자 하니까
왠지 재미없음.

빽빽

안 돼애애애애!

애통

키우던 다마고치가
영영 죽고 말았다.

그리하여 다마고치는
서랍 속으로….

공기 연습
해야지~

후에 잠깐 다시 다마고치 붐이
일어서 찾아보았지만,
다마고치는 어디론가
사라지고 없었다.

(3년 후)

꿈에서

나를 보살피는 일

내가 다마고치와 다른 점은 누군가가 정해 주는 삶을 살지 않아도 된다는 것이다. 물론 엄밀히 따져 보면 어릴 적엔 부모님의 영향을, 앞으로는 계속 DNA의 명령을 받을 것이기에 꼭 그렇지도 않다는 생각이 든다. 내가 선택했다고 생각한 모든 일들이 사실은 그들의 교묘한 전략이었을지도 모른다. 그래도 갑자기 DNA가 나를 세탁기에 넣고 돌릴 일은 없으니까, 일단은 다마고치보단 내가 낫다는 결론. 대신 나는 나 스스로를 책임지고 잘 먹이고 잘 재우고 잘 살아가게 해야 한다. 누구도 대신해 줄 사람이 없다. 아무리 귀찮고 지겨워도 항상 나를 관찰하고 보살펴야 한다. 그런데 나는 자주 그러지 못한다.

일주일 전부터 고개를 돌릴 때마다 머리가 핑 하고 돌며 속이 메스꺼웠다. 병원에 갔더니 '이석증' 같다고 했다. 귀 이(耳), 돌 석(石), 말 그대로 돌 같은 무언가가 떨어져 나와서 귓속을 돌아다니며 어지럼증을 유발하는 증상이라고 한다. 전혀 듣도 보도 못 했던 병이라 당황스러웠다.

"네? 선생님 제 귀에 돌이 있었어요……? 근데 그게 떨어졌다고요? 돌이 왜 갑자기?"

"정확한 원인은 모르지만 스트레스나 수면 부족으로 면역력이 떨어지면 나타나기도 해요. 대부분 자연스럽게 치료되니까 걱정하지 마세요."

약봉지를 들고 집으로 돌아오는 길에 '30년을 넘게 살다 보니 있는지도 몰랐던 돌이 떨어지는 경험도 해 보는구나.' 생각했다. 물론 심각한 병이었다면 경험이라고 말하지 못했겠지만, '별거 아니라서 다행이다.' 하고 하늘

을 올려다보는데 또 머리가 핑 돌았고, 동시에 나는 생각지도 못한 이유로 지금 당장 죽어도 전혀 이상하지 않은, 아주 무르고 약한 존재라는 생각이 들었다.

그렇다면 별거 있나. 그저 지금의 내가 최대한 행복해야지. 옛날에 「프린세스 메이커」를 할 때도 키우던 캐릭터에게 아르바이트나 공부를 시키고 나면 스트레스 수치를 낮춰 주기 위해 휴식 시간을 주거나 바캉스를 보내지 않았던가. 그런데 현실 세계의 나는 꼭 이렇게 사달이 나야지만 나에게 잘해 주어야겠다는 생각이 든다. DNA가 둔한 건지 교묘한 건지 헷갈리지만, 나를 혹독하게 키우고 있는 건 분명하다.

주말의 친구들

토요일 학교가 끝난 뒤부터가

> 주말 잘 보내~

> 안녕~

그 당시에는 주 6일이었기 때문에

> 어휴….
> 지금은 상상도
> 안 가지만요.
>
> 주 5일도
> 못 해 먹겠는걸요?

휴일의 시작!

토요일에도 학교에 갔다.

> 오늘은
> 토요일~

콩 콩
콩

그것은 일요일이
늦잠을 잘 수 있는
유일한 날이란 뜻이기도 했다.

> 자토~
> 게임 그만하고
> 이제 자야지!!

토요일의 학교는 언제나
들뜨고 가벼운 분위기로 가득했다.

왁
자
지
껄

> 내일
> 일요일인데,
> 조금만 더요~

> 알겠어.
> 조금만이다!

그럼에도 불구하고 나는

화면 가득 로고가 나오면,

(am 07:50)

일요일 아침에도 일찍 일어났다.

번쩍!

(am 07:40)

마음이 두근두근 설렜다.

시작한다!

이유는
오로지
단 하나,

호다닥

「디즈니 만화 동산」은
일요일의 상징이자,

오늘이 무슨 요일?

일요일!

「디즈니 만화 동산」을
시청하기 위해서.

여유로운 휴일 아침의
상징이었다.

으헤헤헤.

뒹굴

뒹굴

「디즈니 만화 동산」이 끝나면

그러나 그 시간대면 엄마가 나를 성당에 데리고 가려 했기 때문에

아침밥을 먹고 나서

그 프로를 볼 수 없는 나는 항상 뾰로통해졌다.

또 챙겨 봐야 했던 프로그램이 있다.

그래서 내 기도의 반은 아마…

였을 것이다.

그건 바로「좋은 친구들」!

매주 어떻게 하면 성당에 빠질 수 있을까 호시탐탐 기회를 노렸다.

그렇게 꾀병까지 부리며 사수했던
일요일 아침의 프로그램들은

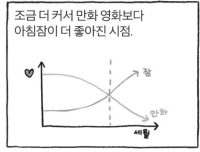

조금 더 커서 만화 영화보다
아침잠이 더 좋아진 시점.

몇 년 사이에 더 이상
보지 않게 되었다.

나는 그렇게 사랑하던

평생 좋아할 기세였는데

주말의 친구들을

그렇지 않았다.

그곳에 두고 올 수밖에 없었다.

만화와 나

어렸을 적, 엄마가 그리 엄하지 않았다고 생각하는 이유 중 하나는 바로 만화책 때문이다. 엄마는 만화책을 책으로 인정해서인지, 아니면 당신도 만화책을 좋아해서인지, 나와 언니가 주말 내내 만화책만 읽어도 단 한 번도 뭐라 하신 적이 없다.

초등학교 6학년 때, 엄마가 뜬금없이 중고 만화책 18권을 사다 주셨다. 폐업하는 만화방에서 싼값에 『세일러문』 전권을 사 오신 것이다. 초등학생 때라고 강조하는 이유는, 그 만화책이 몹시 야했기 때문이다. 엄마는 그것도 모르고 '세일러문'이란 이름만 보고 나에게 그 만화책을 선물했다. 나는 처음엔 굉장히 충격을 받았지만, 나중엔 학교에 가져가서 친구들에게 몰래 야한 장면을 보여 주는 대단한 기세를 보였다. 그리고 졸업할 때 학교 도서관에 모두 기증했다. 후배들을 위해. 19금이라는 사실은 숨기고.

이야기가 나온 김에, 지금도 생생하게 기억나는 사건이 또 있다. 만화책 『짱구는 못 말려』를 읽고 있을 때였다. 짱구가 눈사람을 만들다가 콘돔을 발견하고는 그 모양이 동그라니까 눈사람의 눈으로 붙이는 장면이 나왔다. 엄마에게 달려가서 그 페이지를 짚으며 "엄마 콘돔이 뭐야?"라고 물었다. 엄마는 이 단어가 왜 여기 있냐는 표정으로 두세 번을 확인했다. 당황스러워 보이는 엄마에게 결국 제대로 된 답변을 듣지는 못했지만 아주 나중에서야 엄마가 왜 그런 표정을 지었는지 이해할 수 있었다. 그 후로 엄마가 『짱구는 못 말려』를 더 이상 읽지 못하게 했을 만도 한데, 그러지 않았다. 나는 고등학생이 되자 자연스럽게 만화책과 멀어졌다.

　나는 어린 마음에도 만화책 보는 걸 취미로 인정해 준 엄마가 신기하고 고마웠다. 지금 내가 만화를 그리고 있는 건, 그 시절 편하게 읽던 만화책에서 엄청난 즐거움을 느꼈기 때문이라고 생각한다. 나는 내 아이가 주말 내내 유튜브에 빠져 있다면, 너무 많이 본다고 혼내지 않을 수 있을까. 이런 내용은 좋지 않다며 참견하지 않을 수 있을까. 유튜버라는 천진난만한 아이의 꿈을 마냥 응원해 줄 수 있을까. 그런 부모가 될 수 있을까. 엄마는 어떤 기분이었을까.

이놈들의
최후

아쉽게도 우리 집 근처에는
방방이 없어서

방방 타고싶다.   방방 뛰고싶다.

안절   부절

(방방에 중독된 어린이.)

세계 최고의 발명품은

ㄲ ㄹ울 !

BUS

여기!

주말마다 친구와 버스를 타고

BUS

호다닥

당연히 방방(트램펄린)이라고
생각했던 적이 있다.

먼 길을 떠나야 했다.

GOAL

(체감상 경로.)

온 가족이 삼촌 집에 모인 어느 날

가는 도중에 슈퍼마켓에 들러서
사탕 한 봉지를 샀는데,

나와 언니 그리고 친척 오빠는
삼촌 집 앞에 방방이 있다는
사실을 알고

이 사탕이 나중에
아주 큰 역할을 한다.

(뒷장에서
밝혀짐.)

늦은 저녁, 용돈을 받아서

어쨌든, 우리가 방방이 있는 곳에
도착했을 때는

그곳으로 향했다.

이미 늦은 시간이라
문을 닫은 상태였다.

그런데 언니가 구석에 있는
개구멍을 발견!

밤에 몰래 타는 방방은
또 새로운 맛이 나서,

우리는 유혹을 참지 못하고,

들어가고 말았다.

바로 그때, 저 멀리
주인아저씨 등장!

그 순간 나는 너무 놀라서
사탕 봉지를 놓쳤고…

게다가 도망치려고
방방에서 내려왔을 때는

모두들 아는 것처럼
다리가 천근만근이 되어 있어서

결국 우리는…

그야말로 혼돈의 도가니탕이었다.

아주 쓰디쓴 결말을 맞이해야 했다.

방방이 맞아

방 방

봉   봉

콩   콩
퐁   퐁

덤   블   링

트램펄린

우린 모두
작았어

그러던 어느 날
방에서 언니랑 이야기를 하다가,

언니가 학교 앞에서 파는
메추라기 새끼를 사 왔다.

우아, 귀여워!

모두들 금방 죽을 거라고
이야기했지만

메추라기는 2주 넘게 살아 있었다.

시끄럽네. ㅋㅋㅋ

내가 그만 메추라기를 밟고 말았다.

발을 떼어 보니,
메추라기는 내장이 튀어나와
죽어 있었고

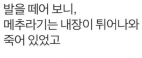

엄마는 빗자루와 쓰레받기를
꺼내 와서

둘 다
보지 말고
저리 가 있어.

언니는 울면서 화를 냈다.
(언니도 어렸으니까….)

으아악!
자토가 밟았어!

죽은 메추라기를 담아 갔다.

으~

나는 너무 놀라고
슬프고 미안하고….

나는 복잡한 마음에도
어른은 대단하구나 생각했다.

어른이
되면 저런
끔찍한 것도
치워야 해.

메추라기 사체가
끔찍해서 무서웠다.

엄마아아아앙.

네가
밟았잖아!

엄마는 메추라기를 집 뒤에
잘 묻어 주었다고 했지만,

나는 끝내 가 보지 않았다.

그리고 몇 달 후 언니가
사 온 병아리는

또 학교
앞에서
사 옴.

병아리를 친 아이의 마음이
신경 쓰여서였을까.

산책시키려고 풀밭에
데리고 갔다가

아니면 이번엔 내가 죽이지 않았다는
잔인한 안도감 때문이었을까.

안 돼애!!!

다른 아이 자전거 뒷바퀴에
치어 버렸다.

이상하게도 이때는
울지 않았다.

못
보겠어.

어떡해⋯.

그렇다고 너 지금 설마
다행이라고 생각한 거니?!

그런 건
아니야⋯.
미안해.

그 작았던 생명들의

가련한 생의 끝에는 항상

또 그만큼 작았던 누군가의

슬픔 혹은 죄책감이
함께 했다.

인간이 미안해

올리는 경상남도 창원에서 왔다. 올리는 유기견인데, 구조 당시 사진을 보면 빨간 노끈에 몸이 묶인 채 저울에 올라가 있었다. 아직 다 자라지 않은 1.5kg의 작은 몸에 혈통을 알 수 없는 오묘한 얼굴, 흰색과 갈색이 무작위로 섞인 털. 몸이 노끈에 단단히 묶여 있던 것을 보면, 버림받았다기보다 시골 어르신이 팔려고 시장에 데리고 가다가 놓친 것처럼 보였다. 올리의 성격을 보면 충분히 그럴 수 있다는 생각이 든다. 올리는 에너지 넘치는 천방지축에다 놀라울 정도로 재빠르다.

사실 처음에는 올리를 임시 보호 하기로 하고 데려왔다. 올리의 갈색 눈동자를 보고 있자니, 어릴 적 내 실수로 죽어 버린 메추라기가 떠올랐다. 그 속에서 생명을 책임지는 건 정말 어려운 일이라고 쩍쩍대고 있는 것 같았다. 하여 내 품에 폭 안겨 골아떨어진 올리를 보면서도 함부로 키울 생각을 하지 않으려 애썼다. 그런데 막상 입양 보낼 시기가 오니 며칠 동안 눈물이 주룩주룩 흘렀다. 나는 엉엉 울면서 하나부터 백까지 따져 보았다. 나에게 올리를 기를 만한 충분한 경제적 능력이 있는지부터 지금도 이렇게 슬픈데 언젠가 올리를 하늘로 떠나보내야 할 때 감당할 수 있을지까지. 고심 끝에 올리를 입양하겠다고 연락한 순간, 이상하게도 모든 걱정이 사라졌다. 나는 생각보다 올리의 가족이 될 준비가 잘되어 있었다.

이제 올리는 처음 만났을 때보다 몸집이 3배 이상 커졌지만 여전히 방정맞고 사랑스럽다. 나는 올리를 데리고 어디를 가든 "믹스견이에요. 원래 유기견이었어요."라고 말한다. 믹스견도, 유기견도 이렇게 좋은 가족이 될 수

있다는 걸 동네방네, 아니 우주 끝까지 알리고 싶어서 참을 수가 없다.

얼마 전, 산책 중에 지나가던 남녀가 올리를 보고 하는 말을 듣고 말았다.

"저 강아지 봐. 특이하게 생겼다."

"뭐가 특이해. 딱 봐도 그냥 똥개네 뭐."

그 커플의 말을 듣는 순간 인간이라는 점이 부끄러웠다. 그리고 그런 사람들에게도 있는 힘껏 꼬리를 흔들며 반가워하는 올리 때문에 슬펐다. 모든 개들이 그럴 테지. 버림받은 강아지도 버림받는 그 순간마저 주인에게 꼬리를 흔들었겠지. 있지, 인간이 정말 부끄럽고 미안해.

꿀 빨던
시절

어린 시절, 누군가 나에게 	

어린 시절, 누군가 나에게

너 그거 아니?

며칠 전 길을 가다가

사루비아에 관련한
엄청난 꿀팁을 전수해 주었다.

사루비아는
말이야~

쏙

반가운 꽃을 만났다.

앗,
이 꽃은!

꽃 뒤꽁무니를 쪽 빨면
달콤한 꿀이 나온다고!

쭉쭉

바로 사루비아 꽃이다.

(규범 표기: 샐비어.)

안녕!

오!
진짜!

달다!!!

쭉쭉

말 그대로 진짜 꿀팁이었다!

그 후로 나는 사루비아만 보면

그리하여 오늘날에도 나는 사루비아를 보자마자,

사루비아라는 꽃인데, 이렇게 뽑아서 꽁무니를….

꿀 사냥 비법을 전수하였다.

꿀 사냥을 해 댔고

진정한 꿀팁이라 할 수 있지.

이젠 쓸모없는 팁이 되어 버렸는지도 모르지만,

사명감을 가지고 이 사실을 널리 널리 알렸다.

달콤한 추억으로 남아 있는 건 확실하다.

샐비어님께

누가 나에게 사루비아 꿀 먹는 방법을 알려 줬을까. 덕분에 어린 나의 눈에 사루비아는 누군가 날 위해 심어 놓은 새빨갛고 달콤한 사탕처럼 보였다. 게다가 이 달콤함이 공짜라니! 나는 의기양양하게 다른 아이들에게 이 정보를 전파했고, 우리는 매년 사루비아 꿀을 서리했다. 그러다 어느 순간부터 사루비아가 보이지 않더니, 이제 사루비아 꿀맛을 잊은 지 오래다.

그러니 올해 아파트 앞에 핀 사루비아꽃이 무척 반가울 수밖에. 잊었던 꿀맛이 입안에 슬쩍 돌 정도였다. 물론 지금은 미세 먼지와 매연 때문에 찝찝하기도 하고, 또 화단을 망쳐도 용서받을 정도로 어리지도 않으니 따 먹지 못하겠지만 꿀 먹는 방법을 무슨 고급 정보라도 되는 양 알려 주고 싶은 건 어릴 때와 매한가지다.

참고로 사루비아는 샐비어라고 쓰는 것이 바르다고 한다. 분명 만화 「웨딩 피치」를 보고 자란 세대는 모두 사루비아라고 부르고 있을 것이다. 네 번째 사랑의 천사 이름이 사루비아였다. 그런데 샐비어라니, 무척 고급스럽다. 사루비아였을 때는 '사루비아야!' 하고 불렀다면 샐비어는 '샐비어님.' 해야 할 것 같은 기분이다.

그런 의미에서, 샐비어님 죄송합니다. 꽃가루도 옮기지 않는 주제에 꿀만 쏙쏙 빼 먹어 버렸어요. 혹시 그래서 한동안 피지 못하신 건 아니죠? 이제는 그럴 일이 없어 다행이지만 아쉽기도 하네요. 꿀벌들에게 모두 양보하겠습니다. 그래도 다시 보니 참 반가워요. 꿀처럼 달달한 추억이 담뿍 담긴 샐비어님의 얼굴, 자주 뵙고 싶어요.

왕꿈틀이의
응원

고민 끝에
왕꿈틀이를
선택한
어느 날,

흠….

잉?
이게 뭐지?

흐음….

8살 인생
최대 난제.

축하합니다!

미니 게임기

게임기 당첨권이 나왔다.

새로 나온
왕꿈틀이를
사느냐,

즐겨 먹던
비틀즈를
사느냐.

젤리

굉장히
기뻤다.

엄마!
이거 봐!!!

느낌상
좋은 일
같음.

당첨권을
우편으로
보내고

게임기라고 해 봤자
싸구려 미니 게임기였지만

(내장된 게임도 축구 게임 하나뿐.)

한동안
기다리니,

언제쯤 올까?

이젠 팬심으로 먹음.

아직까지도 가끔

합격자
발표 났다!

자토야,
게임기 온 것
같은데?

후다닥

'난 운이 나쁜 사람인가?'
하는 생각이 들 때면

진짜 집으로
게임기가 왔다.

와~
자토는
운이 좋네!

우아

그날의
왕꿈틀이가
생각난다.

잘될 거야.
넌 운이 좋은
아이라고!

57

나의 운에게 바란다

'운 질량 보존의 법칙'을 들어 보았는가? 모든 사람에게는 평생 동안 따라오는 운의 총량이 제각각 정해져 있단다. 왕꿈틀이 게임기에 당첨되었던 어린이는 거기에 운을 다 써 버렸는지 그다지 운이 좋지 못한 평범한 어른이 되었다. 중요한 순간, 가위바위보는 99%의 확률로 진다. 여행을 떠나면 어김없이 비가 내리기 시작한다. 며칠 전에는 기대하던 아파트 청약도 떨어졌다. 어린 시절 왕꿈틀이 게임기에 당첨된 일이 내 운의 총량에서 큰 비율을 차지하고 있는 것이 분명하다.

그래서인지 어떤 일이 운이 좋아서 잘된 경우에는 기쁨을 느끼는 동시에 아주 잠깐이지만 '이제 총량이……?'라는 생각이 든다. '이것보다 더 절묘한 타이밍에 운을 써야 할 텐데.'라는 우스운 마음이 들기도 한다. 그러나 운이 좋아서가 아닌 내가 노력해서 좋은 성과를 거둔 경우에는 오롯이 기쁘고 뿌듯하다. 그래서 그림을 그리면 기쁘다. 결과물은 똘똘 뭉쳐진 나의 노동력이니, 내 그림을 보고 사람들이 좋아하면 머리부터 발끝까지 뿌듯하다.

그리하여 나의 운에게 바란다. 나는 열심히 그림을 그릴 테니, 너는 내가 연금 복권을 사면 기가 막힌 타이밍에 전력을 다해 주길.

서프라이즈

방심하면 당했던 벌레 껌 장난감.

(얼마 후)

낄낄

나도 샀음.

부스럭부스럭

껌 하나 줄까?

벌레 나오지?

야, 껌 먹을래?

어, 하나만.

그거 이미 당함.

한발 늦으면 아무도 안 속는다.

힉!

낄낄낄

탁!

이럴 땐, 집에 와서…

꺅!

엄마 속이기 꿀잼.

자매품

아이스크림 모양 장난감.

(주로 수학여행이나
소풍 갔다가 사 옴.)

스펀지

한 입 줄까?

가짜잖아.

먼데?

이거?

퐁

으악!

아프진 않은데 짜증 나는 게 특징.

악당의 마음

그 또래 아이들이 그러하듯 남자아이들과는 놀리기도, 놀림받기도 하며 장난스럽게 지냈다. 그중에 부모님들끼리도 서로 알아서 꽤 친하게 지내던 남자아이가 한 명 있었다. 별명은 땅콩. 땅콩은 나보다 키도 작고 귀여워서 내가 더 많이 괴롭혔다. 그러던 어느 날 나에게 큰 건수가 생겼다. 땅콩이 좋아하는 여자아이가 누구인지 알아낸 것이다. 큰 키에 공부도, 운동도 잘하는 멋진 여자아이였다. 마침 크리스마스 때 땅콩을 동네 놀이터에서 만났고, 나는 신나게 놀려 대기 시작했다.

"땅콩, 너 유경이 좋아하지? 다 알아."
"땅콩, 개학하면 유경이한테 고백할 거야? 우하하."
"땅콩, 유경이는 너 싫어할걸?"

그러자 땅콩은 평소에 함께 장난치며 놀 때와는 다르게 얼굴이 시뻘게져서 내 쪽으로 주먹만한 돌멩이를 던졌다. 날아온 돌멩이가 내 관자놀이를 정확히 때렸다. 퍽, 소리가 났고, 나는 울음을 터트렸다. 땅콩은 진짜 맞을 줄 몰랐다는 듯이 얼어붙은 표정으로 날 바라봤다. 관자놀이에 만화에서나 나올 법한 커다란 혹이 금방 솟아올랐다. 진짜 만화라고 치면 나는 크리스마스에 돌을 맞은 비련의 주인공이 아닌, 누가 봐도 주인공 커플을 괴롭히다가 혼쭐이 난 악당이었다. 울며불며 엄마에게 일렀지만, 악당 편을 들어 줄 리가 없었다.

그 후로 땅콩과 나는 급격히 어색해져서 예전처럼 함께 놀지 못했다. 몇 달 후에 땅콩은 아버지 직장 때문에 전학을 갔다. 주인공이 사라지니 악당은 쓸쓸해졌고 가끔 미안한 마음이 들었다. 함께 투닥거리던 때가 그리웠다.

[저… 주연 맞나요?]

나의
롤러스케이트

친구랑 놀 때,

달려랏!

슝슝~

싱

나는
롤러스케이트
마니아였다.

심부름을 다녀올 때,

감자 27H!
감자 27H!

하모니 슈퍼마켓

싱

잠자리를 잡을 때도

덜덜~

우와아아아!

헬멧없음.

케이~!!!

아스팔트

무릎,
팔꿈치
보호대
없음.

휴~ 오늘도
5마리
잡았구나!

(의미없는 목표.)

항상 롤러스케이트를 타고 다녔다.

그러던 어느 날 롤러브레이드의
혜성 같은 등장!

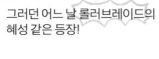

점점 다른 아이들이
롤러브레이드를 타는 걸 보면서

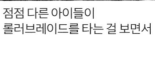

<롤러스케이트>

끈으로 묶음.

— 바퀴는 쌍쌍.
— 앞코가 둥글고 짧다.
— 주로 화려한 색.

(· · ·)

내 롤러스케이트가 창피해졌다.

<롤러브레이드>
(인라인스케이트)
NEW

플라스틱
잠금 장치.

— 일렬 바퀴.
— 앞코가 길다.
— 뭔가 밀레니엄
스타일의 디자인.

소중했던 무언가가
구식으로 밀렸을 때의 슬픔을
처음 느낀 순간이었다.

자토 왔니?
오늘은 왜 이렇게
일찍 들어왔어?

처음 봤을 때는

별 차이
없네 뭐.

라고 애써 생각했지만,

신
발
장

(그 후로
안탐)

조금만 천천히 가면 안 될까

좋아하는 것들이 구식으로 밀려나는 것을 볼 때면 마음이 아프다. 얼리 어댑터 성향이 조금도 없는 나는, 세상이 아주 조금씩 천천히 변했으면 좋겠다고 생각한다. 환경이나 생명이 걸린 일을 제외하고는 더는 기술이 발전되지 않아도 좋을 것 같다. 장을 봐 주는 냉장고도, 택배를 배달해 주는 드론도 싫다. 제발 좀 만들지 말라고, 똑똑한 사람들에게 막 떼를 쓰고 싶다. 이런 식이라면 4년 전 구매한 아이폰 6S와 함께 나도 금방 구식으로 밀려날 것 같아 슬프다.

요즘 패스트푸드점, 버스터미널, 영화관 등에 가면 키오스크(무인 판매기)를 쉽게 볼 수 있다. 그런데 이것 때문에 어르신들이 어려움을 겪는다는 이야기를 들었다. 아차 싶었다. 사람 대신 기계가 주문을 받는다고 하니 그저 조금 삭막하다고만 생각했지 어르신들의 입장은 미처 생각하지 못했기 때문이다. 역시 세상이 속도를 늦춰 주었으면 한다. 아니면 구식으로 밀려난 이들의 말에 귀를 기울여 주는 상냥함을 갖추든지.

수학보다
연기력

몇 년간 학습지를 풀면서

그 시절 나는 매일매일
구몬 수학을 풀었는데,

방과후 5장씩.

정말 싫어했던
기억이 난다.

향상된 실력은 수학보다 연기력.

그러던 중 타 지역으로
이사를 가게 되어서

그리고 이삿짐을 싸다가

책장에서 안 푼 학습지가
뭉텅이로 나와서

엄마는 매우 충격을 받았다고

좋다가 말기도.

지금도 가끔 이야기하시곤 한다.

그건 별거 아닌 문제였어

초등학교 내내 한 번도 끊지 않고 쭉 구몬을 했다. 엄마는 뭐라도 꾸준히 하는 게 중요하다고 생각하셨고 그리하여 나는 꾸준히 스트레스를 받았다. 나는 나중에 자식이 생기면 절대 학습지 따위는 시키지 않으리라 다짐했다.

그런데 웬걸, 수능 공부를 해야 할 고2 때 뜬금없이 일본어가 배우고 싶어졌고, 자진하여 일어 학습지를 시켜 달라는 말을 꺼냈다. 그렇게 시작한 학습지는 초등학교 때와는 다르게 재미있었다. 더 하기 싫은 수능 공부 앞에서 학습지쯤은 비교적 즐겁게 느껴진 것이다.

얼마 전 그림책 작가 요시다케 신스케의 간담회에 갔을 때 누군가 작가에게 "전 겁이 너무 많은데, 두려움을 극복하는 방법이 있나요?"라고 물었다. 작가는 "그럼 가장 두려운 것을 하나 떠올려 보고, 나머지 다른 것들을 생각해 보세요. 그나마 두려움이 덜할 거예요."라는 재밌는 답을 내놓았다.

하기 싫은 일도 마찬가지겠지. 내가 '수능 공부를 하느니 구몬을 풀겠어!' 했던 것처럼. 프리랜서로 일하는 요즘의 나는 하기 싫은 일이 생길 때마다 '회사 다닐 때, 그 일보다는 나은걸.' 하고 어떻게든 해 나가고 있다. 어쨌든 하기 싫은 일들은 죽을 때까지 계속 생길 테고, 그것들을 뜀틀 넘듯 극복해 나가는 것이 우리네 인생 아닐까.

살다 보니 구몬 수학 문제는 문제도 아니었다. 당장 눈앞에 뛰기 싫은 뜀틀이 있는데 옆으로 돌아갈 방법이 없다면, 더 높은 뜀틀을 떠올리며 단련한 마음으로 숨 한 번 크게 쉬고 훌쩍 뛰어넘어 줄 테다.

돌아온
너구리

친척 오빠가
여러 가지
게임도
보내 줬는데,

당시
컴퓨터
마니아.

후훗

소박하게
왕꿈들이 게임기를
즐기던 나에게

「왕꿈틀이의
응원」편 참고.

뿡뿡

내가 해 본
최초의
컴퓨터 게임은

게임

?

자토야,
이거
지현 오빠가
(친척 오빠)
쓰던 건데
너희 준대.

그 당시
나의 모습에
부합하는

오우아와!
어떻게
하는 거지?

원시인 수준.

어느 날
어마어마하게
큰 게임기가
생겼다.

(아마도 486 컴퓨터.)

으악

「고인돌」이라는
게임.

진짜 원시인.

친구 혹은 언니랑
할 때는

그러나 「너구리」 게임을
할 때 만큼은

사이 좋게
번갈아 가며
목숨을 걸었다.

악!

지켜보는 것만으로도
심장이 쫄깃해지는 탓에

윽!

머리가
압정에 박혀
죽음.

으악!

물론 캐릭터의 목숨.

잘 좀
해라.

나는 양보를 많이 했다.

언니가 한 판
더 할래?

가장 좋아했던 게임은
2인용 「버블버블」.

지금이었다면
캡처를 하거나

스테이지 100,
그리고 왕까지
모두 깨면
나오는

다 깼다!!!

인증 숏을
남겼겠지만.

오! 왕 깼다.
인증 숏 찍어야지.

엔딩 장면은 간직하고 싶어도
간직할 수가 없었다.

고전 게임들
다시 해 보고
싶네.

간직할 수 없는 것들이

또 보고 싶으면
다시 처음부터
왕까지 깨야 함.

왠지 더 낭만적으로
느껴진다.

인증 숏 업로드

애초에 내 것이 아닌

　컴퓨터에 능통한 친척 오빠를 둔 덕에 나는 최신 게임들을 쉽게 접할 수 있었다. 오빠는 손바닥 크기만 한 플로피 디스켓에 게임을 넣어 주곤 했다. 나는 납작한 디스켓을 무채색 컴퓨터에 밀어넣는 것만으로 알록달록한 세상이 펼쳐지는 게 놀라워 펄쩍펄쩍 좋아했다.

　그중에는 「마리오 카트」라는 슈퍼마리오 캐릭터들을 주인공으로 한 레이싱 게임도 있었다. 매일매일 하다 보니 어느 캐릭터가 가장 좋은지 알게 되었고, 나중에는 맵을 거의 외우는 경지에 이르렀다. 항상 붙어 다니던 친구가 우리 집에 놀러 왔을 때, 함께 「마리오 카트」를 하며 놀았다. 나는 매번 이겨 으쓱했고 친구는 계속 지면서도 즐거워했다.

　그 후로 게임에 푹 빠진 친구는 종종 게임을 하고 싶다며 우리 집에 왔다. 함께 게임을 할 때면 나는 내가 플로피 디스켓에 게임을 복사하는 방법을 알고 있다는 사실이 떠올랐지만 애써 모른 척했다. 게임을 복사해 주면 친구는 집에서 계속 연습을 할 테고, 맵도 금방 외우게 될 테고, '요시' 캐릭터가 가장 좋다는 사실을 발견할 테고……. 친구와 나누었다면 더 진했을 즐거움을 버리고 내가 지키려고 했던 건 무엇이었을까. 그때의 옹졸한 마음이 부끄럽다.

　몇 년 전 한 인디 밴드가 유명 예능 프로그램에 나와 유명해지기 시작할 때쯤 '홍대병'이라는 말이 유행했다. 그들을 언더그라운드 시절부터 좋아했던 일부 팬들이 '내가 제일 먼저 알았는데. 나만 알고 싶었는데……' 하며 그들이 대중에게 소개되는 걸 꺼려 했고, 그걸 본 사람들은 그들을 '홍대병'

이라며 비꼬았다. 내 최초의 홍대병은 초록색 공룡 요시에게 있었나 보다. 꽁꽁 숨기고 있었지만 사실 아무 의미 없는, 애초에 내 것이 아닌 특별함. 그런 것들을 지키려고 할수록, 나는 부끄러워진다.

미리 걱정
3년 차

애써 거짓말이라고 생각했지만,

그런 게 있을 리가 없어!

학교에서 아주 끔직한 소문을 들었다.

6학년 되면 불주사 맞는대.

그게 뭐야?

(정신 승리!)

그래! 그건 그냥 이상한 소문일 뿐!

주삿바늘을 불에 뜨겁게 달궈서 불주사라고 부르는데,

언니가 불주사를 맞고 옴으로써

넌 나중에 죽었다.

진짜라고?

얼음

바늘 굵기가 연필만 하대!!!

허어어어억

사실로 밝혀졌다.

진짜라니!!!

게다가 학교에서
매년 언니, 오빠들이
불주사를 맞는 걸 보았고

으앙~~

아파~~

그러던 어느 날
불주사가 진짜 중지되었다.

깜짝!

올해부터
불주사
안 맞는대!

내 기도가 통했구나!
기적이야!!!

(4학년 때쯤.)

덜덜덜

나는 마음 한편이
무거워져서

초딩 인생, 가장 무거운 짐을
덜어 낸 후련한 순간이었다.

룰루랄라

다들 나에게
감사하라고!!!

하느님, 제발 불주사 좀 없애
주세요. 말 잘 들을게요!!!

매년 기도했다.

걱정으로
떨던 세월
3년.

역시 미리 하는 걱정은
쓸모가 없는 법이다.

걱정의 덩굴

나는 걱정이라는
조그마한 씨앗이 생기면
매일매일 바지런히 물을 주던 사람.

그럼 그것은
덩굴 식물처럼 쑥쑥 자라나,
나를 캄캄한 덩굴 속에
가두어 버렸다.

예를 들면,

> ● : (문득) 나는 이 일을 오래 할 수 있을까?
>
> 🌀 : (파스 붙인 손목을 바라보며) 내 손목이 남아날까? 아예 그림
> 을 못 그리게 되면 어떡하지. 그것보다, 유튜브를 시작도 안 한
> 나, 이미 경쟁에서 뒤처진 건 아닐까? 그러다가 이번 책도 잘
> 안되고 다른 일도 안 들어오면? 그럼 100세 인생, 난 뭘 하며
> 살아야 하나……. 어떻게 살아갈지 정말 걱정이야, 휴.

하지만 이제 안다.

격정의 대부분은 실제로 일어나지 않는다는 사실을.

격정이 생긴다면 최소한의 크기,

씨앗 그대로 남겨 두는 것이 현명하다는 것을.

그럼 시간이 흐른 뒤 말라 쪼그라든 씨앗들을 손가락으로 튕겨 내며,

'아, 그땐 이런 걱정도 했었지.' 하고 웃을 수 있으니까.

반짝반짝 작은 별

일단 붙여 보는 중.

골고루 붙여야지. ♬

자토야, 엄마가 야광 별 사 왔어!

야광이 뭐야?

힘들다.

질질

어두우면 빛나는 거야.

아~

끙-

매우 힘들다.

사실 전혀 이해하지 못했음.

아~?

벽에 붙이는 야광 별 스티커가 유행한 시기가 있다.

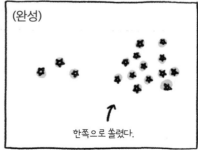

(완성)

한쪽으로 쏠렸다.

다 붙였어!

뿌듯 뿌듯

밤에 완전 어두워지면 더 예쁠 거야.

그리하여

엄마도 같이 보러 가자.

어두워질 때까지 기다려서 만난

두근 두근

그럼 불 끈다?

톡

야광 별들은

톡

아~?

아직 대낮이라 감동하기엔 야광 별의 밝기가 애매했다.

정말로 어두우니까 빛난다!

기대보다 더 황홀했다.

처음 봤을 때
그 황홀했던
기분은

야광 별이
아니더라도

우리들의
방에는

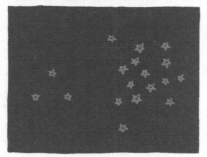

항상
별이 하나씩

금새 익숙해져
사라졌지만,

반짝이고
있었을 테지.

별자리 토크

유난히 반짝이던 별들

밤하늘의 별을 보고 있으며 수능 공부에 매진했던 날들이 떠오른다. 매일 밤 10시, 야자가 끝나면 교문 앞에는 여러 독서실에서 보낸 새까만 봉고차들이 대기하고 있었다. 나도 그중 하나에 올라타 차가운 창문에 지친 몸을 기댄 채 긴 한숨을 쉬었다. 봉고차가 독서실 앞에 도착하면, 우리는 우르르 내려서 다시 우르르 건물로 들어갔다.

독서실에서 나와 집으로 혼자 걸어갈 때면 내 하루는 아직 끝나지 않았는데 시간은 이미 자정을 넘겨 버겁게 다른 하루가 시작되고 있었다. 가슴이 답답했다. 그럴 때면 하늘을 바라보며 걸었다. 나로부터 뻗어 나간 온 세상은 까맣고 조용했지만 하늘만은 북적이고 있었다. 새까만 바다에 수많은 별이 자유롭게 떠다녔다. 그걸 보고 있으면 어두웠던 내 마음에도 무언가가 반짝거렸다. 무엇이든 해낼 수 있을 것 같은 기분이 들었다.

고된 시절 보았던 별들이 유난히 기억에 남는 건 그들이 지친 날 위해 유난히 반짝여 주었기 때문일까. 그럭저럭 살 만한 요즘, 내가 보는 별이라곤 스마트폰 속 이모티콘 별뿐이다. 그들은 전혀 반짝이지 않는다.

2부

왼손엔 리코더,
오른손엔 요요

연극의 비밀

연출은 담임 선생님.

여기서 모두 손 드세요.

자, 연습~

매년 봄이 되면

우리들은 대사를 한 줄씩 맡았고,

저는…. 중얼중얼~

같은 반 친구들끼리 다 함께

공연 전날이면 대청소를 했다.

짜자잔!

펼치는 연극이 있었다.

그 연극의 이름은 바로 공개 수업!

초대장이라고 볼 수 있음.

공연 날이 되면,

그날은 매일 졸던 아이도,

교실 뒤편에 관람객이 모였고

떠들던 아이도,

초대 손님에게 슬쩍 아는 척한 뒤에

장난치던
아이도,

연기에 몰입했다.

엄청난 집중력을 발휘했다.

선생님이 질문을 던지면

평소와 다른 친구의 모습을 보고

모두가 적극적으로 손을 든다.

혼자 웃음을 참다가

하지만 답변자는 이미 정해져 있다.

친구와 눈이라도 마주치면

웃음을 참느라 죽을 맛.

이런저런 위기를 극복하고
무탈하게 수업이 끝나면

짝 짝짝 짝 짝!!

이것으로 마치겠습니다.

그날 집에 돌아온 나는

반 친구들이
발표를
참 열심히
하더라.

부모님들이 모두 떠나고

평소엔
안 그래요.

라고 말하고 싶었지만,

선생님이 만족스러운 얼굴로
우리를 칭찬해 주셨다.

다들 정말
잘했어요.

선생님도 다정다감하시고.
평소에 화도 잘 못 내시지?

…

관람객의 환상을
깨지 않기 위해서

그럼 우리는 원래의 우리로
다시 돌아갈 수 있었다.

와
자
지
껄

입을 다물기로 했다.

끄덕
끄덕

반 분위기가
정말 좋더라~

연기에 기웃기웃

"안녕하세요. 자토 작가님이시죠?"

모르는 번호로 전화가 와서 필명을 부르기에 평소처럼 그림이나 글을 의뢰하려는 줄 알았는데, 다짜고짜 손 모델을 해 달란다. 노트북 광고를 촬영하는데 예정된 모델이 촬영을 못 하게 되어서 급하게 다른 모델을 찾다가 나에게까지 연락이 온 것이다. 갑작스럽게 손 연기를 해 달라고 하니 적잖이 당황스러웠지만, 페이도 나쁘지 않았고 무엇보다 광고 촬영 현장은 어떨까 하는 호기심이 생겨 수락했다.

다음 날 현장에 가 보니 TV로만 봤던 초록색 크로마키 천이 한쪽 벽면에 걸려 있고 스태프들은 가운데 덩그러니 놓인 노트북에 집중하고 있었다. 남자 손 모델이 먼저 촬영 중이었다. 그러던 중 내 순서가 왔고 나는 무수한 NG를 내기 시작했다. 노트북을 여는 동작 하나만 찍으면 되는데 손이 마음대로 움직이지 않았다. 노트북이 한 번에 열리지 않아서, 너무 급하게 열어서, 손이 부들부들 떨려서, 내 머리가 카메라 끝에 걸려서, 동작이 너무 어색해서, 다양하게 NG가 났다. 나는 점점 미안해지고 모든 스태프들에게 눈치가 보였다. 그랬다. 나는 연기를 너무너무 못하는 사람이었다. 손 연기가 발연기가 되는 기적을 만들 정도로.

그날 새벽, 촬영을 마치고 집으로 돌아가는 길에 '제대로 찍은 게 맞나.' 하고 마음이 찝찝해서 친구를 불러 국밥에 소주를 마셨다. "어찌 됐든 모델료는 주겠지……."라며 수육까지 샀다. 영문도 모르고 잠옷 차림으로 나온 친구는 "에이, 괜찮아. 처음이라 그렇지." 하며 나를 위로해 주었다. 나는 본

업에 충실하지 않고 재밌어 보인다는 이유로 다른 일에 기웃거린 것을 반성하며, 그제야 한결 자연스러워진 손동작으로 소주잔을 넘겼다.

세상의 모든 직업인 여러분, 존경합니다.

만들어
볼까요

오늘은 찰흙으로 그릇을 만들어 볼 거예요.

학교 앞 문방구에 가면

봉지를 뜯고 비닐을 한 겹 걷어 내면 찰흙은 기분 좋게 차갑고 촉촉했다.

준비물 사러 왔어? 몇 학년이야?

2학년이에요.

마르기 전에 빠르게 만드는 것이 관건!

돌돌돌돌

주인아주머니는 모든 걸 꿰고 계셨다.

그럼 찰흙 가져가야지. 300원.

네.

만지작거리다 보면 진짜 돌이 나오기도 했다.

뭐얏!

완성한 작품들을
교실 한편에서 말린 후

지점토와 고무찰흙도 자주 썼다.

집에 가져가면,

어버이날엔 카네이션을,

칭찬과 함께 곧 애물단지로….

크리스마스엔 카드를.

그릇으로 태어났지만 슬프게도
쓰이지는 못할 운명을 가졌다.

그 시절 우리가 만들 수 없는 게
있기나 했을까.

부모님 생신 때는

꼼지락꼼지락

안마 쿠폰
안 쓰나?

쿠폰 5종 세트 같은 걸 만들었다.

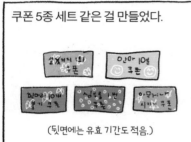

(뒷면에는 유효 기간도 적음.)

심부름
쿠폰 안 쓰나?

인심 쓰듯 드리고 나면,

어머~ 고마워~

엄마,
이거 내
선물.

설거지
쿠폰 안 쓰나?

서걱
서걱

그다음 날부터는 쿠폰이
언제 나올까 두근두근.

까먹음.

안 되겠다!

척 척 척

결국 기다리다 치쳐서

옆구리 찔러
설거지하기 일쑤였다.

알록달록한 선물

어릴 적엔 '선물'이라는 말은 듣기만 해도 마음이 설레는, 기분 좋은 단어였다. 그러나 단어에 담긴 느낌은 급격하게 변하기도 한다. 언젠가부터 받을 사람에게 필요한 게 무엇인지 물어보고 선물을 구매하는 일이 배려로 통용되기 시작했다. 친구들의 생일이 다가오면, 무얼 주어야 좋을까 고민하는 일이 사라졌다. 간편하게 친구에게 물어본다. 받을 사람의 마음에 들지 않는 것을 샀다가 애물단지가 될 선물을 할 바에는, 실패 없고 합리적이며 실용적이기까지 한 방법을 선택하기로 암묵적인 합의를 한 것이다. 결국 선물은 지극히 현실적이고 재미없는 단어로 변하고 말았다.

그러던 중 친구들 모임에서 사건 아닌 사건이 발생했다. 생일인 친구에게 필요한 것을 묻고 나머지 친구들이 돈을 모아 그것을 사 주곤 했는데, 이게 또 어느 순간부터 현금으로 바뀌었다. 당장 필요한 게 없다는 친구에게 아무거나 사 줄 순 없으니, 모은 돈을 그대로 주게 된 것이다. 그 후로 생일 때마다 현금이 오갔다. 마치 계처럼. 모두가 선물을 현금으로 받길 원했다. 갑자기 이 모든 게 무의미하게 느껴졌다. 이럴 바에는 선물을 없애는 것이 좋겠다고 조심스럽게 이야기를 꺼냈다. 서운해하는 친구도, 어쨌든 함께 친구의 생일을 챙겨 준다는 데 의미가 있다고 말하는 친구도 있었지만, 나는 선물을 현금으로 준 순간부터 도저히 순수한 마음이 생기지 않았다.

나는 다시 선물의 알록달록한 기분을 찾고자 노력 중이다. 다음 주에 생일인 친구를 위해 여름 파자마 한 벌을 샀다. 친구에게 잘 어울릴 만한 걸 찾느라 하루 종일 인터넷을 뒤지다가 최후의 결재 버튼을 눌렀다. 친구가 좋

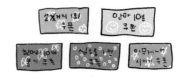

아할까, 잘 입어 줄까, 초조하기도 하지만 그 시간만큼은 선물이 알록달록하게 물드는 기분이었다. 이렇게 다시 선물의 기쁨을 찾아가야지.

　아참, 예외는 있다. 바로 엄마에게 주는 선물이다. 이상하게도 엄마에겐 현금으로 주는 것도 기분이 좋다. 식상하다는 생각은커녕 드릴 때마다 새롭게 뿌듯하다. 혹시나 엄마가 이 글을 읽고 "아니야, 그때나 지금이나 진심만 담겨 있으면 다 좋아."라고 말씀하신다면 다음부터는 똑같은 봉투를 2개 준비할 테다. 하나에는 '쿠폰 5종 세트'를, 다른 하나에는 '현금'을 두둑이 넣어서 둘 중 하나만 고르게 해야지. 물론 두 봉투에 사랑하는 마음만은 공평하게 담아서.

90 코리아
옷 입히기

단지 널 사랑해

미안해 솔직하지 못한 내가

설마 했던
네가 나를

잘 자
내 꿈꿔

♫

후루루 짭짭♪

♪

친구들 안녕♫

부러우면
지는 거

그 옷은 교복도 아닌 것이,

어느 날 등굣길에

까르르

뭔가 엄청나게 멋져 보였는데,

학교에
입고 다님.

우아_

운동장에서 시끌벅적한
소리가 들려서 봤더니,

뭐 하는
거지?

알고 보니 걸 스카우트라는 것이었다.

우리 언니 걸 스카우튼데
막 봉사도 다니고 캠프도 다녀.
3학년부터 가입할 수 있대.

우오

고학년 언니들이 똑같은 옷을 입고
구호 같은 걸 외치고 있었다.

나도 꼭 해야겠다고
생각했다.

멋지다!!!

안녕!

3학년이 되자 걸 스카우트
신청서를 나눠 줬는데

앗! 걸 스카우트!

뒤로 넘겨.

하여 나는 바로 체념했다.

걸 스카우트
신청서 가져온 사람
선생님한테
주세요.

신청서에 적힌
단복비와 활동비 등등이
꽤 비싸서

헉

오늘 학교에서
자는 거
너무 떨려~

귀신 나올지도!

그 후로 걸 스카우트의
활동들을 볼 때마다

나는 보자마자 안 될 것을 직감했다.

안 된다고
하겠지?

운동장에 →
텐트 쳐 놓음.

캠프
파이어?

이전에 가졌던
동경심 대신에

으음….

↑ 역시나 안 됨.

뭔가
불공평해.

나도
캠프파이어
좋아하는데….

쓸쓸함을 느껴야 했다.

어린 날의 질투

결국 입단하지 못했던 걸 스카우트를 두고 내가 느낀 씁쓸함은 불평등한 제도에 대한 반항심이었을까. 그 시절부터 그런 생각을 했다면 지금쯤 난 더 또렷하고 분명한 일을 하고 있을지도 모르겠다. 어린 날의 그 감정은 단순히 부러움이 섞인 질투였다. 초등학교 2학년 때 쓴 일기장을 뒤적이다 발견한 이 뜨악한 글이 그 증거이다.

> 1996년 7월 9일 화요일 (날씨: 맑음.)
> 나는 반장을 볼 때마다 부럽다.
> 부반장이라도 될 수 있었는데…….
> 애라만 없었으면 내가 부반장인데…….
> 너무 아깝다.

으악, 엄청난 글을 써 놨다. 야망이 넘친다. 그렇게까지 부반장이 하고 싶었나? "애라만 없었으면"이라니! 아마 애라라는 친구보다 표를 못 받았던 게 1학기 내내 마음에 남아 있었나 보다. 그래도 그렇지, 담임 선생님께 매일 검사 맡던 일기장인데 이런 글을 써 놓다니. 당장 내 옆에 이런 말을 내뱉는 꼬마가 있다면 난 '기분 나쁜 애네.'라고 생각할지도 모른다. 그래도 다행히 바로 아래 줄에 "그렇지만 내가 부반장이 되었으면 지금보다 안 좋은 교실을 만들 수도 있었겠다는 생각이 든다."라고 덧붙여 놓았다. 휴, 알긴 알았구나.

　하지만 일기장에 꾹꾹 눌러쓴 그 어린 날의 질투는 깨끗했던 것 같다. 부러움은 부러움으로 끝. 부끄러운 생각은 하지 않았으니 숨길 생각도 없었겠지. 내가 이 일기를 보고 부끄러움을 느끼는 건 내가 어른이기 때문이다.

긴장해서
그래요

여러분, 오늘 우리 반 친구의
마이마이가 없어졌어요.

웅성
웅성

없다!

우리 반에서 이런 불미스러운
일이 발생해서 선생님은
매우 실망스러워요.

여기도
없어!

뭐가 없어?

그러나 혹시 실수로 가져갔다가
못 돌려줬을 수도 있으니까,
양심 고백 할 수 있는 시간을 줄게요.

새로 산
마이마이가 없어!

어쩌다 학교에서 이런 일이 생기면,

모두 눈을 감고,
가져간 친구는
조용히 손을 드세요.

이런 식으로 흘러갔다.

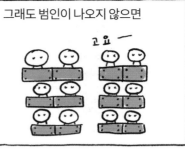

가방을 올리고 다시 눈을 감으면,

옆자리라서
내가 제일 의심
받을지도 몰라….

뒤적
뒤적

내가 오늘
체육 시간에
제일 늦게 나갔는데….

갑자기 내 가방에서
마이마이가
나오면 어쩌지?

온갖 상상들이
나를 괴롭혀서

점점 더 의심스러운
얼굴이 되고 말았다.

그래서 어쩌라고

알고 보니 긴장이란 감정은 의식하면 의식할수록 의기양양해지는 건방진 녀석이었다.

하지만 '그래서 어쩌라고?' 하면 기를 못 쓰고 쪼그라들기 마련이다.

오늘도 주문을 외우자!

그래서 어쩌라고?

진짜 만들면
곤란해

5월은 쭉 분주했다.

갚아야 하는
날이 왔군….

8일은 어버이날

지금까지
키워 주셔서
정말
감사….

기다리고 기다리던
어린이날을
보내고 나면

나는 평~생 매일이
어린이날이었으면
좋겠어!

↑
본인이 더 이상 어린이가
아니게 될 날은 전혀
고려하지 못한 발언.

15일은 스승의 날,

그리고 또 하나….

5월 18일은
발명의 날
입니다.

지금이야 대부분 '발명의 날'이
있다는 것도 까먹었겠지만

발명의 날
이라고?

그래서
뭐?

그러던 어느 날

아빠,
귀 파 줄까?

다른 사람 귀 청소
즐기는 스타일.

그 시절엔 모두가 숙제로
발명 아이디어를 내야 했으므로…

다음 주까지
발명 아이디어
생각해서 거기에
적어 오세요.

어두워서 잘 안 보이네….
귀 안에도 불이 켜지면 좋을 텐데.

후비적후비적

뭐를?

발명?

왜
???

아!!!!

왜!!!

으ㅅ

으ㅅ

머리를 쥐어짜야 했다.

불 켜지는
귀이개는
어떠한가!!!

짜잔!

아이디어가 떠올랐다.

나는 그 뒤로는 매년

이제 곧 발명의 날입니다.

그런데 어느 날 마트에 갔다가

똑같은 아이디어를 써서 냈고

나는 이미 아이디어가 있지롱.

난 천재!

쓱쓱

우연히 보고 말았다.

응???

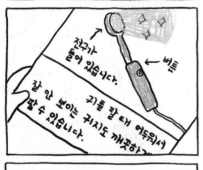

전구가 들어 있습니다.

← 버튼

귀를 팔 때 어두워서 잘 안 보이는 귀지도 깨끗하게 팔 수 있습니다.

'라이트 귀이개'라는 상품을!

깜짝!

이미 있잖아!!!

발명의 날을 무탈하게 보낼 수 있었다.

숙제 맨 뒷사람이 걷어 오고, 안 한 사람은 앞으로 나오세요.

네가 벌써 있으면 안 되는데….

곤란하다고.

그 후로는 양심상 그 아이디어를 써먹을 수 없게 되었다는 슬픈 이야기.

구매 후기

제가 실제로 한번 구매해서
써 보았는데요,

얍!

그것은 유용하다고 하기엔
효과가 크지 않고,
별로라고 하기엔
또 조금은 새로운…
여러모로 애매한
발명품이었습니다.

잘 팔릴까….

흐음

진짜로 만들면 생기는 일

넷플릭스에서 딱 한 가지 콘텐츠만 추천할 수 있다면, SF 드라마 「블랙 미러」를 소개하고 싶다. 왜 지금 뜬금없이 이 드라마 이야기를 하냐면, 가까운 미래에 나올 법한 발명품(?)들이 줄줄이 등장하기 때문이다. '고인이 생전에 온라인에 올렸던 모든 자료를 수집해 이식받은, 고인처럼 말하고 행동하는 AI', '성격, 취향 등의 데이터를 기반으로 데이트 상대를 찾아 주고 적절한 이별 시기까지 정해 주는 매치 시스템', '아이의 뇌 속에 칩을 심어 아이의 위치와 건강 상태를 체크하고, 좋지 않은 환경에 노출될 경우 시야까지 가릴 수 있는 아이 보호 장치' 등. '라이트 귀이개' 같은 최첨단 기술로 실현된 발명품이 아니라 실망했다면 죄송하지만, 당장 내 눈앞에 나타날지도 모른다는 점은 '라이트 귀이개'와 같다.

시즌 3의 첫 에피소드는 소셜 미디어의 평점으로 나눠진 계층 사회를 보여 준다. 집을 살 때, 의료 서비스를 받을 때, 심지어 렌터카를 구할 때도 평점에 따라 대우가 다르다. 따라서 사회적 평판이 삶의 질을 결정하고, 사람들은 서로에게 좋은 평점을 받기 위해 부단히 애쓰며 살아간다. 현재 SNS 속 모습이 살짝 보이긴 해도 '설마 이렇게까지 되지 않겠지.'라고 생각했는데, 현재 이웃 나라에서 구축하고 있는 소셜 신용 시스템이 이와 닮아 있다는 사실을 알게 되었다. 그곳에서는 일상생활에서 매겨지는 신용 점수가 낮으면 직업 선택은 물론이고 열차 탑승이나 인터넷 이용에도 제한이 있다고 한다. 설마 했던 일이 아주 가까이에서 벌어지고 있다. 내가 「블랙 미러」를 보며 끔찍하다고 생각했던 바로 그 일이.

　「블랙 미러」는 나처럼 SF적 상상력이 부족한 사람들을 낯선 미래 기술들에 조금 더 빠르게, 게다가 흥미롭게 접근하게 해 준다. 그런데 새로운 발명도 좋지만, 나날이 발전하는 기술도 좋지만, 그것을 받아들이는 사람들이 먼저 그것이 도덕적으로 옳은지 따져 볼 수 있는 시간이 필요하지 않을까? 어릴 때 이런 드라마를 즐겨 보았다면(「블랙 미러」는 19금이지만), '라이트 귀이개'라는 최첨단 기술의 부정적인 측면까지 폭넓게 고민해 보았을지도.

언니는 좀
이상해

소풍 가기 전날에는

> 내일 가져갈
> 과자 사 와~

> 네~♥

> 여러분, 내일이
> 무슨 날이죠?

소풍 가서 먹을 과자를
사는 일도 하나의 행복.

> 다녀오겠습니다!

와다다다

> 소풍요!!!

> 우아아!

평소에 먹고 싶던 과자들을
잔뜩 사서

음료수 필수!

버스에서
먹기 편함.

심심풀이 풍선껌~

> 그래서 내일은 아침
> 8시까지 운동장으로
> 모일 거예요!

두근

두근

두근

내일은 소풍 가는 날.

가방에 야무지게 넣는다.

음료수는
얼려야 해서
냉동실행.

차곡

차곡

언젠가, 언니가
소풍 전날 받은 용돈으로

몽땅 엿을 사 와서

긴 엿 100원.

투명한 엿 50원.

(엿만 20~30개.)

그 마니아틱한 모습이
뭔가 멋져
보였다고
해야 하나….

엿만
가득.

언니는 진짜
특이한 것 같아.

덤비지
말아야지….

라고 생각했던 게
아직도 기억난다.

자매는 자매

언니가 소풍 때 받은 용돈으로 엿만 수십 개씩 사 가는 모습을 보고, 나는 '대체 무슨 생각인 거야.'라고 생각하면서도 한편으로는 그녀의 마니아 틱함에 깊은 감명을 받았다. 그래서 그다음 소풍 때 언니를 흉내 내 호기롭게 엿으로만 간식 가방을 채워 가고야 말았다. 일명 '1997 엿 사태'. 버스에서 아이들이 초코틴틴이나 홈런볼을 나누어 먹을 때, 나는 수줍게 엿을 내밀며 얼마나 후회했는지 모른다. 물론 엿은 별로 인기가 없었다.

나와 언니는 4살 차이다. 초등학생 때, 언니를 졸졸 따라다니며 놀았다. 언니 친구들이랑 놀 때면 나는 항상 깍두기 아니면 으앙으앙 우는 것밖에 할 일이 없는 아기 역할을 맡았다. 그래도 나를 데리고 가 주는 것만으로도 신이 나서 열심히 쫓아다녔다. 언니가 하는 일은 모두 재밌어 보이고 신기했다.

나는 조금 특이한 언니를 좋아했다. 좋아했다고 생각했는데, 며칠 전 오랜만에 초등학교 때 쓴 일기장을 꺼내 읽어 보니 언니 욕이 한가득 적혀 있어서 폭소가 터졌다. 언니는 치사하고 못됐고 얄미웠다고 여러 군데에 걸쳐서 정성스럽게도 쓰여 있었다. 언니한테 보여 줬더니 네가 더 재수 없었다며 어이없어했다. 그러고는 충격적인 이야기를 들려주었다.

"방학 때 작은이모네 자주 놀러 갔던 거 기억나? 그때 네가 하도 얄미운 짓을 해서, 네 칫솔을 몰래 변기에 담갔다 빼서 걸어 놨던 적이 있어."

"뭐?! 언니 그건 진짜 너무한 거 아냐!"

"끝까지 들어 봐. 그런데 나중에 보니까 이모가 그 칫솔을 쓰고 있는 거

있지. 네 칫솔이 아니었어."

"아······ 이모······."

아, 우리는 자매다운 자매였다.

소풍의 꽃

설레는 마음으로 학교에 가면

비가 안 와서 다행이야!

← 김밥

고소한 참기름 냄새에
눈을 뜨면,

쿵쿵

엄마가 식탁에서
김밥을 싸고 있었다.

벌써 일어났어?

꾹꾹

와ㄴ

잠이 덜 깬 상태로 주워 먹는
김밥의 맛이란!

꼭꼭
씹어 먹어.

운동장에 줄지어 서 있는
커다란 버스들과
왁자지껄한 소리들이
나를 더 설레게 했다.

와글와글!

소풍으로
어떤 곳에 갔었는지
정확히 기억나지 않지만,

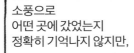

역시나 가장 즐거웠던 건,
점심시간!

이제 여기서
다 함께
도시락을
먹을 거예요.

보통 산이나

졸 졸 졸

선생님 →

삼삼오오 모여서
도시락을 까먹고 나면,

우리 엄마 김밥이 제일 맛있군.

냠냠

냠냠

유적지나

지루해···.

잔디밭 같은 곳에 둘러앉아서

재미없어.

박물관 같은 곳이었다.

수건돌리기를 했다.

파란 하늘~

파란 하늘 꿈이~

수건돌리기는
술래가 재밌어 보여서,

걸린 친구들은 가운데
모여 있다가

항상 손수건이
나에게 오기를 바랐다.

어마무시한 벌칙을 받았다.

나는 너무 창피했지만

주긴 뭘 주나….

받침 없는 이름의 장점을
처음 발견할 수 있었다.

바라건대

모든 오늘이 소풍 가기 전날이라면
얼마나 좋을까?

비가 오면

소풍이 취소돼서, 수업할게요.

우울하게 교실에서 도시락을 먹었던 기억도….

우리는 모두
배달의 민족

우유 당번들은 1교시가 끝나면
학교 뒤편으로 나가서

당번1 당번2

한 달에 한 번 돌아오는 막중한 임무.

오늘은 준하랑
지영이 차례군.

정확히 반 인원 수만큼 우유를 챙겨

하나만 더 하면 되지?

응.

그렇다면
내일은…

그것은 바로…

교실로 들고 가야 했다.

무겁다.

끙

끙

우유 당번!

내
차례잖아.

윽…

겨울엔 특히나 더 하기 싫었다.

춥고 무겁다.

끙

끙

나는 흰 우유를 싫어해서

어느 날은 친구가
아주 좋은 걸 가져와서

몰래 친구에게 주곤 했는데

이제 우유를 잘 마실 수 있겠다고
생각했지만,

친구에게도 주지 못하는 날이면

그마저도 곧 선생님이 금지.

처리하기가 참 곤욕스러웠다.

지금 생각해도 우유 급식이
왜 그리 엄격했는지 모르겠다.

빈 우유갑들이
다시 박스에 모이면

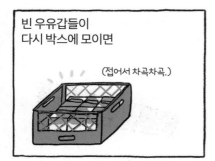

(접어서 차곡차곡.)

하루는 속이 안 좋다는 핑계로
우유를 마시지 않고
가방에 넣어 뒀는데,

방과 후에 박스를 원래 자리로
가져다 놓는 게 당번의 마지막 일.

가벼워서
혼자서도
OK.

(2시간 후)

잘 가~ 내일 봐~

우유 당번 완료!

척!

가방 안에서 우유가
터지고 말았다.

아직 모름…. →

뚝   뚝

자토야!
애들이 오자미
하고 가쟤!

응~ 갈게!

퍽!   휘!

(집에 돌아온 후)

아 맞다!
우유!!!

허둥
지둥

끝까지 우유 때문에 괴로운
우유 당번이었다.

그대로 자라서

우유갑 밑에 적힌 숫자로
게임을 하던 우리들은

소주병 뚜껑에 적힌 숫자로
게임을 하는 어른이 되었습니다.

좋아했다면 좋았겠지만

지금은 흰 우유를 꽤 좋아해서
우유 당번이 하루에 한 팩씩
챙겨 준다면 고마울 텐데.

우유처럼 '그때도 좋아했다면 좋았을 텐데.' 하고
아쉬워하는 게 또 있다면 그건 바로

현재의 나.

나는 대개 '현재의 나'에 크게 만족하지 못하고 지냈다.

어른들의
농담을 이해하지
못해서.

많은 친구들과
두루두루 친해지지
못해서.

살이 찌고
교복이 꽉
끼어서.

면접에
연속으로
떨어져서.

여러 이유로 더 나은 '미래의 나'만 기다렸다.

드디어 서른두 살!

그 '미래의 나'가 '현재의 나'가 된 지금,
과거를 떠올려 보면 좋지 않을 이유보다
좋아야 할 이유가 더 많이 생각난다.

눈부셔!!!

파릇파릇

가장 강력한 이유는
싱그러운 나이.
젊음이야, 말해 뭐 하겠나.

또, 어른들의 말을 이해할 순 없었지만 그만큼 순수했던 마음, 살이 올라
통통했던 볼살, 친구와 캠퍼스 잔디밭에 앉아서 서로를 토닥이던 시간.

그때도 좋아했다면 좋았을 텐데.

이젠 '현재의 나'를 불평하는 일은 없노라 다짐한다. 지금 내 옆에 있는 조
약돌들이 지나고 나면 영롱한 보석이 될 수도 있으니까.

반짝이는 오늘을
누리며 살자!

내
남자 친구에게

파트를 정할 때는

가위~ 바위~

수련회가 다가오면

어디서 연습할까?

보!!!

우리 집에 갈래?
엄마한테 물어볼게.

가위~바위~보!!!

뭐?!

엄마! 거실에서
춤 연습 좀 해도 돼요?

안녕하세요!!!

우ㄹㄹㅡ

장기자랑을 준비했다.

나는
성유리!

모두들 성유리를 하고 싶어 했다.
(동네마다 달랐을 수 있음.)

본격적으로 연습이 시작되면

카세트 테이프에 녹음해 옴.

척

거의 매일 모여 연습을 하다 보면

춤을 잘추는 친구가 안무를 알려 주고

여긴 이렇게 다 같이!

(휴식 타임)

헉

헉

쪼르르 서서 다 같이 춤을 췄다.

점프!

빙그르르~~~

콩

콩

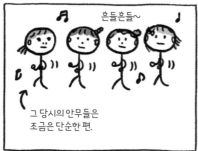

흔들흔들~

그 당시의 안무들은 조금은 단순한 편.

내일 끝나고 또 모여!

이효리

이진

성유리

옥주현

마음속으로 우린 이미 완벽한 핑클이었다.

133

드디어 수련회 날.

그럼 이제 장기자랑 시간이 있겠습니다~!

자, 다음은 요정보다 귀여운 네 친구의 무대입니다!

짝짝짝짝!

첫 번째 무대~ 4학년 1반!

호응 잘하는 반은 보너스 1000점!

와!!! 짝짝짝짝짝!!!

긴장-

척

척   척   척

홍민철 좀 봐.
ㅋㅋㅋㅋㅋㅋ

따라 따라라라~

이것 봐 나를 한번 쳐다봐!

날 봐~

아직은 어린 내 모습~

난 네 거야~!

널 사랑해~

영원히이~

밤바야~~

추장! 추장!

그 당시 장기자랑으로
개그 프로그램 흉내도 많이 냈다.

뚝

짝짝짝짝짝짝짝짝!

그리고 자러 가는 길에

3학년,
모르는 애.

언니!

응?

후다다다닥—

2주간의 연습이
단 5분 만에 끝났지만,

나 그 춤 알려 주면 안 돼?

이런 귀여운 일도.

즐거웠다고 생각했다.

헤
헤

(5분 후)

흐
엉

지금쯤 부모님들은….

동생 어색해함.

아, 안돼~

언니이~~

졸졸졸

끝까지 안 알려 줬다.

아주 오래된 연인들

네모난 카세트테이프로 음악을 들었다. '최신 가요 모음집' 같은 조잡한 테이프가 당당하게 팔리던 시절이다. 같은 시기에 발매되었다는 이유만으로 많은 가수의 노래가 A면과 B면에 무작위로 섞여 있었다. 마음에 드는 곡만 듣고 싶으면, 되감기를 반복해야 했다. 나는 좋아하는 노래만 골라 담을 수 있는 테이프가 생기면 좋겠다고 생각했다. 그것이 MP3부터 시작해서 지금의 음악 스트리밍 서비스 같은 형태까지 발전할 줄은 몰랐지만. 내가 상상했던 건 대부분 내가 상상하지 못한 모습으로 이루어졌다. 몇 달 전에는 에어팟도 샀다.

용돈을 모아 처음 구매한 정식 카세트테이프는 「Sweet Dream」이라는 대히트곡이 담긴 장나라 언니의 2집이었다. 테이프가 늘어질 때까지 들었다. 언젠간 방에서 나라 언니의 「아마도 사랑이겠죠」를 애절하게 따라 부르다가 물을 마시러 나갔는데 거실에서 엄마 아빠가 입을 틀어막고 끅끅 웃고 있었다. 애절할수록 도드라지는 음치의 비애, 흑흑.

지금까지도 왕성하게 활동 중인 나라 언니를 볼 때면, 어떻게 그렇게 옛날과 똑같은 모습일 수 있는지 놀란다. 세상에나, 나만 늙는 대우주의 깜짝 카메라가 아닌가 싶다. 언니, 혼자만 그렇게 똑같으면 어떡해요……. 초딩이었던 저는 그때의 언니보다도 한참 어른인 30대가 되었어요!

어린 시절 응원했던 사람을 보고 있으면, 어느 순간 뭉클해진다. 그들의 외향이 변했건 변하지 않았건 상관없다. 그들에게서 그들을 좋아했던 어린 시절의 나를 발견하는 순간 마음이 울렁울렁 동하는 것이다. 아주 오래된 연인을 만났을 때처럼. 이제는 각자의 세련된 음악 취향을 뽐내다가도, 90년대 대중가요만 흘러나오면 너도 나도 반가워하는 어른들이 귀엽다. 모두들 그런 소중한 마음일 것이다.

슬기로운
방학 생활

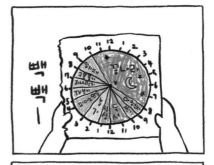

생활 계획표: 씻기 시간

생활 계획표: 독서 시간

생활 계획표: 피아노 연습 시간

생활 계획표: 일기 쓰기 시간

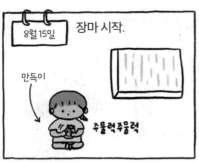

8월 15일 장마 시작.

만득이

주물럭주물럭

8월 22일

발등에
떨어진 불.

화르륵!

8월 17일

후두둑

성
성

만들기,

수수깡

부랴
부랴

8월 19일

후두둑

식물 채집,

집앞
아무 풀.

8월 21일

지륵—

독후감.

맨 뒷장
해설 베끼기.

8월 23일

방학 생활 2학년

까무잡잡 2

앗!

8월 24일

개학!

다녀오겠습니다.

ㅋㅋㅋㅋㅋ

오랜만에 일찍 일어나니까 무지 졸리네.

아ㅎ함

탄 아이.

키 큰 아이.

와글와글~

깁스한 아이.

즐거운 방학 생활.

(끝)

학교 보니까 조금 설렘.

콩닥 콩닥

방학이 없어진 개미

연락할
사람도

그 친구는 집이 부유했고,

자토야!

평소에도 티를 많이 내서

우리 집은 차가 2대라서~

아~ 그래?

무슨 일이지?

아, 민하 핸드폰 샀대.

나는 그 핸드폰이 몹시 궁금한데도

와.

같은 반 친구가 처음으로 학교에 핸드폰을 가져왔다.

궁금하지 않은 척했다.

어른들도 핸드폰이 거의 없던 때라,

그런데 얼마 후

나는 삐삐를 얻게 되었고,

선생님은 학생이 핸드폰을
학교에 가져와도 되는지 안 되는지

역시나 학교에 가져가서 자랑.

긴가민가하셨던 것 같다.

자랑….

나는 그 애가 잘난 척쟁이라고
생각했다.

나야말로
그랬다.

147

아직 한 가지, 책

　같은 반 친구가 처음으로 핸드폰을 가져온 후로부터 3년이나 지나서야 나에게도 내 인생의 첫 핸드폰이 생겼다. 중학생 때였다. 투박한 모양의 폴더폰. 흑백 화면에 기능은 전화와 문자뿐이었다. 대부분의 아이들이 '알 요금제'를 사용했는데, 매달 충전되는 '알'의 개수만큼 문자를 보낼 수 있었다. 나는 문자를 주고받을 상대가 학교에서 매일 보는 단짝 친구 정도밖에 없었기 때문에 '알'이 모자라서 전전긍긍하는 아이들이 신기했다. '문자할 친구도 많고, 인기 있는 아이구나.'라고 생각했다. 사실 나에겐 핸드폰이 필요 없는 시절이었다.

　어느 날 떡하니 컬러 화면 핸드폰이 등장했을 때, 나는 '화면이 굳이 컬러일 필요가 있나? 촌스러워 보이는데.'라고 생각했다. 바보였다. 그 후 몇 달 만에 카메라가 달린 핸드폰이 등장하면서 '아 세상은 이런 식으로 흘러가는 거구나……!' 깨달았다. 지금은 지도도 MP3도 텔레비전도 모두 스마트폰이 대체하게 되었으니, 나에게도 드디어 핸드폰이 유용한 시절이다.

　조금 찜찜한 건, 내 모든 애정과 관심이 점점 이 작은 기계에 응집된다는 점이다. 내가 좋아하는 친구, 사진, 음악, 영화 그런 모든 취향이 한곳에 모여 간다. 컬러 화면도 못마땅해하던 나는 이렇게 내 분신이 생겨나는 게 영 찜찜하다. SNS에 내 행적에 따라 쇼핑몰을 추천하는 광고가 뜨면 어쩐지 당한 느낌이 든다. 또 그게 정말 딱 내 취향일 때도 분하다. 물론 분해하면서 10분마다 핸드폰을 들여다본다. 이미 좋아하는 것들이 대부분 그 안에 있다. 정말 당했다.

그래도 한 가지, 내가 아직 스마트폰에 뺏기지 않은 게 있다. 그건 바로 종이책. 종이 위에 꾹꾹 박힌 활자는 새하얀 눈 위에 찍힌 발자국처럼 그 주인의 걸음걸이가 느껴진다. 매끈한 액정 속 전자책으로는 느끼기 힘든 그 걸음의 깊이, 손끝의 질감, 종이 냄새가 좋다. 글이 주는 감동은 어디에 써 있든 다르지 않겠지만, 나의 오감을 자극하는 건 여전히 그런 분위기가 담긴 종이책이다. 이대로 평생 전자책에 마음 줄 일은 없지 않을까. 이것도 시대 착오적인 생각이 될까. '그렇게 되지 않았으면…….' 하고 스마트폰으로 온라인 서점에 접속해 종이책들을 장바구니에 마구 담는다.

학교 안
이상한 나라

일주일에 한 번씩 돌아오는

학교에는

불소 도포 날.

짓직

양호실이라고 하는

양호실

화장실로 뛰어가서 뱉는다.

옵.

짓직

딴 세계 같은 공간이 있다.

당번은 양호실에 가서
불소를 받아 와야 했다.

(물론 끝나고
다시 가져다
놓는 일도.)

총총총

문을 열고 양호실에 들어가면

그러다 어느 날, 체육 시간에

온통 새하얀 데다가
조용하고 여유로운
분위기가 풍겨서

왠지 내가 있으면 안 될 곳이라고
생각했다.

코피가 터져 버렸다.

처음으로 다쳐서
찾아간 양호실에서

어디 보자.

!!@#$%^

운동장에서
희미하게 들려오는
아이들 소리.

조금 있으면 멈출 거야.

감사합니다.

이래도
되나?

담임 선생님께
혼나면 어쩌지.

침대에서
조금 쉬다 갈래?

언제까지 있으면 될까?

살랑

그래도 돼요?

그럼.

스ㄹ륵

잠이 들었다.

얼마 후,
쉬는 시간
종이 울리고,

딩♩ 동♪ 댕♩ 동♪

조용─

벌떡

선생님, 저 이제
가 볼게요.

피는 멈췄지? 잘 가~

안녕히 계세요.

고요했던
양호실에서 나오니
다시 학교.

양호실

와글와글!

우당탕탕!

피를 흘린 탓인지는 몰라도

멍─

꿈?!

나는 잠시 이상한 나라에
다녀온 듯한 기분이었다.

153

평온함은 어디서

어느 날은 아주 자그마하게 피어난 들꽃 한 송이를
한참이나 들여다보았다.
아마도 '수수함'의 매력을 처음 알게 된 순간.

조퇴의 맛

선생님께 말씀드렸더니

선생님 저…
머리가 아파요.

컨디션이 좋지 않던
어느 날 아침,

열이 조금 나는 거 같네.

등교하고 나니

왁자지껄

어머님~ 자토가 열이
나는 것 같아서 조퇴를
시키려고 하는데요.

지끈 지끈

머리가 너무 아팠다.

난생 처음 조퇴라는 것을 하게 되었다.

야, 하자토!
어디 가?

나 열나서
집에 가래.

우아,
부럽다.

홀로 가방을 싸서
교실을 떠나는 기분은
굉장히 묘했다.

이래도 되나···.

그렇게
집에 가는 길.

유난히 파란 하늘에
하얀 구름이 동동 떠 있고,

조용—

1-2

재잭 잭

해가 들어
반짝이는 놀이터에는
아무도 없어서

국민 체조 시작~!

하나
둘
하나
둘

지끈 지끈

어쩐지 내 두통도 없어져 버렸다.

흥얼
흥얼

집에 돌아가는
길에 완치.

조퇴하고 싶다.

조퇴하고 싶다.

조퇴하고 싶다.

집에 가고 싶다.

집에 가고 싶다.

집에 가고 싶다.

엄마 보고 싶다.

엄마 보고 싶다.

엄마 보고 싶다.

회사원의 조퇴

비 오는 날의
학교

비 오는 날,

우산 챙겨 가야지.

ㅋㅋㅋ

물웅덩이를 이리저리 피해 가며

철퍽

엥???

후두둑
후두둑

학교로 모여드는 키 작은 우산들.

비 오네….

어둑
어둑

스윽

축축해진 신발을
하얀 실내화로 갈아 신고

으~

교실로 들어가면 평소와 다른
어둡고 가라앉은 분위기.

쉬는 시간에는 친구랑 컴컴한
복도를 지나 으스스한 기분으로
화장실을 다녀오기도.

그 얘기 알아?

학교 괴담.

그 당시엔 그다지 좋아하지 않았던
그 분위기들이

비 오는데
학원은 안 쉬나.

첨벙!

체육 수업이 실내 수업으로
변경되면,

발야구하는
날인데….

지금도 잊히지 않고 생생해서

비 오는 날의
학교라….

창 밖으로는 '톡톡톡' 빗소리가 들리고
젖은 운동장의 흙냄새가 풍겼다.

가끔 그리워진다.

대체 어디에
있는 거냐~

개굴

개굴

개굴

개굴

추억은 비 오는 날과 같아서

비 오는 날을 좋아하게 된 건 얼마 되지 않았다. 학교든 회사든 아침마다 정해진 목적지로 향해야 했던 나에게 쏟아지는 비는 그저 귀찮고 질척이는 방해꾼일 뿐이었다. 언젠가 친구가 "나는 비 오는 날이 더 좋더라."라고 말했을 때, 나는 그의 호감을 사기 위해 공감하는 표정으로 "나도. 비오는 날 그 기분 뭔지 알지."라고 이야기하면서도 속으로는 전혀 이해할 수가 없어서 몹시 곤란했다. 나는 바람 한 점 없이 쨍한 날을 선호했다.

내가 그 기분을 진심으로 이해하기 시작한 건 정확히 3년 전, 회사를 그만 둔 후부터다. 집에서 일하는 프리랜서가 되고 나니 '아, 이제 진짜 뭔지 알겠어!' 하며 비가 좋아지기 시작했다. 비 오는 날 특유의 차분한 분위기는 촉촉한 글을 쓸 수 있게 도와줬고 우수수 떨어지는 빗소리는 시원한 BGM이 되어 주었다. 창밖으로 내리는 비를 구경하며 평소보다 향이 진하게 풍기는 커피를 홀짝이고 있으면 호사스러운 느낌마저 들었다. 비 안에 들어가지 않아도 되니 그제야 비가 좋아진 것이다.

비는 지켜볼 때 참 좋다. 막상 우산을 들고 빗속에 들어가면 귀찮고 힘든 일이 그득하다. '추억'도 비 오는 날과 같아서 떠올릴 때면 참 좋아 보인다. 어린 시절 이야기를 쓰다 보니 나의 조그마한 세상이 무척이나 평온해 보여서 그리워진다. 막상 그 안에 있는 어린이는 어떨까. 걱정도 고민도 많은 어려운 시기를 보내고 있는지도 모르겠다. 조그마한 세상이라 더욱 힘겨웠을지도. 그러니 그때로 돌아가고 싶다는 생각은 비 오는 날이 너무 좋아서 빗속으로 뛰어들고 싶다는 생각과 같다. 여기서 지켜보는 게 가장 좋은지도 모르고.

3부

그래 다시 불꽃숯을
던져 보자

젓가락
행진곡
처럼

피아노 학원은
마치 벌집처럼 생겼었는데

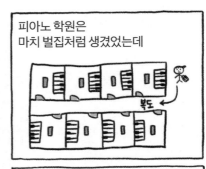

내가 가장 싫어했던 학원은

하굣길

오늘 무슨 학원
가는 날이지?

작은 방에 혼자 들어가 연습을 했다.

감시용 창문.

태권도 학원도

얍

글짓기 학원도 아닌

한 번 칠 때마다
동그라미 하나씩 그리고
10개 다 그리면 나오세요~

단연 피아노 학원이었다.

가기 싫어….

느릿느릿

동그라니

1번 완주.

대충 치기.

동그라미 하나 그림.

또 하나 더 그리기.

이상한 곡 치기.

하나 더 추가.

점점 더 대담하게 동그라미를
그리게 되었다.

선생님 동그라미(는) 10개다 그렸어요. ← 사실!

피아노 학원은 싫어했지만,

끝났다아아~

후다닥

벌써? 어디 보자.

건장

피아노네!

그럼 집에서도 10번 연습하고 이 동그라미 색칠해 오세요~

너 젓가락 행진곡 알아?

당연하지!

네~!!!

집에선 더더욱 제대로 할 생각 없음.

친구와 함께 치는 젓가락 행진곡은 언제나 신이 났다.

혹시 학원에서도 젓가락 행진곡처럼
즐겁게 피아노를 쳤더라면

마찬가지로 내가 미술을 배웠더라면

나는 피아노를 좋아할 수 있지
않았을까.

높은 확률로 지금 그림을
그리고 있지 않았을지도.

어린 시절 흥미가 떨어진 피아노는

출중한 그림을 그리진 못하지만,

그 이후로도 전혀 배울 생각이
들지 않았다.

어쨌든 그리는 삶을 살고 있다.

세상은 아이러니하게도

그걸 어렴풋이 느끼면서도

민들레꽃이네~

억지로 애쓰는 사람보다

어느 순간 간절해지는 인간이라,

이럴 시간이 없어!

즐거워하는 사람에게

억지로 뛰어가다가

더 많은 기회를 주는 것 같다.

쉬어 가길 반복한다.

앗, 젓가락 행진곡처럼 살기로 해 놓고 또….

피아노 신동

피아노 아래에 있는
맨 오른쪽 페달.

밟고 치면 소리가 웅장해져서
잘 치는 기분이 든다.

물론 선생님한테 걸리면 혼남.

어쩌자고

신해철의 '인생=보너스 게임' 이론을 사랑한다. 인생의 목적인 유전자 전달은 태어난 자체로 이루었으니 남은 인생은 보너스 게임, 산책하듯 행복하게 지내다 가면 된다는 이야기다. 회사에서 인정 욕구를 채우려 끝없는 전쟁을 치르고 있을 때, 우연히 이 이야기를 듣고 그제야 나는 투구를 벗어 던질 수 있었다.

그날 일기장에는 이렇게 적었다.

보너스 게임에서 나는 어쩌자고
이렇게 온 힘을 다해 싸우고 있나.

혼자 놀다가

문방구 최애템은 바로 이것.

본드 풍선
- 가격: 200원
- 특징: 건강에 나쁠 것
  같은 독한 냄새.

혼자 놀기 만렙 하자토(직업: 초딩),

열심히 불어서,

후-우-

모든 물건을
장난감화할 수 있는 능력이
있었다.

집에 있던 자석.

휘적휘적

잘 만든 것은 전시해 놓는다.

많이 불어서 → 머리 띵함.

헤헤

엄청 많다!

놀이터 흙에서
철 모으기!
(아무 의미
없음.)

(1시간 후)

어휴, 얘는 또
이래 놓고
어디 갔어.

찌글

찌글

174

어느 날은 빈 페트병을 발견해서

엄마에게 달려가 말했다.

개미를 잡기 시작했다.

모르는 언니가 왜 갑자기?

한창 놀고 있는데 처음 보는
언니가 와서 나를 타박했다.

나는 엄청난 울보였고….

아직도 그날이 기억나는 걸 보면,
꽤 찔리는 일이었나 보다.

콩벌레로 태어나도 할 말이 없습니다

어릴 적에 다양한 곤충들을 다양하게 괴롭혔다. 특히 잠자리와 개미는 하늘에서 뿌려진 장난감이라도 되는 듯 신나게 가지고 놀았다. 목이나 날개를 떼 버리는 수준의 악행은 아니었지만, 잠자리 꼬리에 실을 묶어 연처럼 날린다든가 개미를 키운답시고 병에 잡아넣고는 영영 까먹어 버린다든가. 툭 건드리면 몸을 둥글게 마는 귀여운 콩벌레와 풀밭을 날아다니는 연보라색 나비도 잡았다. 콩벌레는 몸을 마는 게 재밌어서 이리저리 손가락으로 찔러 댔고, 나비는 곤충 채집 통에 넣고 요정이라며 종일 데리고 다니다가 움직임이 시들시들해지면 풀어 주었다.

지금 와서 생각해 보면 그토록 잔인한 일을 그토록 순진한 얼굴로 즐겼다. 측은지심도 지능이라는데, 잘 모르는 사람이 제일 무섭다는 말이 딱 맞다. 사실 고백하자면, 지금도 동물은 끔찍이 사랑하면서, 곤충에 대한 측은지심은 거의 없다. 초등학생 때 엄마가 데려가 준 영화관에서 애니메이션 「개미」를 보고 나서 그나마 개미는 호의적인 눈으로 바라보게 되었지만, 어쩌다 나방이라도 만나면 이 징그러운 감정을 억누르고 어떻게 생명의 소중함을 느껴야 할지 허둥지둥하다 결국 소리를 꽥 지르며 가까이 오지 말라고 난리를 피운다. 누가 나방에 대한 귀여운 영화를 만들어 주길 바라는 수밖에 없을까.

그러나 겨우 생긴 호의적인 마음도 집 밖에서일 뿐. 집 안에 개미가 생기면 강력 퇴치 약을 사서 붙여 놓고 개미들이 열심히 약 나르는 걸 구경한다. 그들이 하루빨리 독약을 먹고 몰살되기를 바란다. 여전히 내 공간에 들어온

곤충에겐 한없이 잔인한 인간으로 살고 있다. 다음 생에 콩벌레로 태어난다 해도 할 말 없는 삶이다.

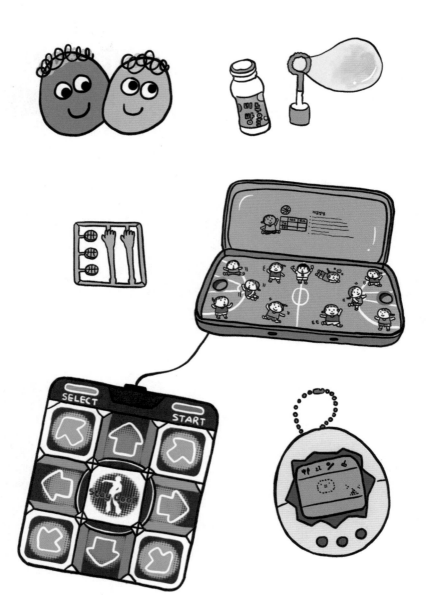

혼자 놀기 만렙

필승법

가위바위보를 할 때,

잠깐!

손 사이로
뭔가 본다.

내가 이김.

먼 소리야.
나 묵 냈는데.

가위~바위~

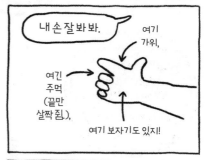

내 손 잘 봐봐.

여기
가위,

여긴
주먹
(끝만
살짝 쥠.),

여기 보자기도 있지!

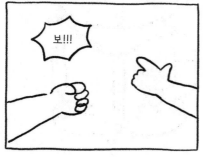

보!!!

그런 게 어딨냐.

여기 있지.

사기꾼!

반사!

한 번쯤 우겨 봤을걸요?

편 가르기를 할 때,

친한 친구와 짜고 치다가

(넷 다 손바닥.)

한 번쯤 들켜 봤을걸요?

그 시절 래퍼

가위바위보슬보슬개미똥구멍멍이

데덴찌　　　엎어라뒤집어라

하늘하늘하늘땅　**소라이매치**

우에우에우에시다리

으라으라으라으라쎄요 묵　찌

하늘과땅이다일러도모르기

편짜편짜편짜

앞 쳐 뒤 쳐

가노래를한다람쥐가학교를간다!

목욕탕에서

엄마는 비가 오나

집에 돌아왔는데 별 이야기 없이
엄마가 없다면,

눈이 오나

당연히

하고 생각했고,

매일 목욕탕에 갔다.

역시나 엄마는 익어서
발그레해진 얼굴로 나타나곤 했다.

나는 엄마와는 다르게 목욕탕을 그다지 좋아하지 않았는데,

앗, 차가워. 또 맞았잖아!

샴푸 먼저 하고

바디 워시로 비눗방울 불기.

바가지 2개 합체해서 타기.

내 머리 빵빠레지롱.

거품으로 변신하기.

그렇다고 하기엔, 너무 잘 놀았던 것 같기도….

어느 날은 여느 때처럼
때를 밀리고 있었는데,

박박

나는 곧 상황을 파악했지만

남자애들이
보고 있었잖아!
누구지???

으응?

딱히 아무에게도 말하지 않았다.

어떻게 올라간 걸까?

창문으로 여탕을 훔쳐보는
남자아이들과 눈이 마주쳤다.

?

말했다면 엄마의 단골 목욕탕에
무언가 조치가 취해졌을 텐데.

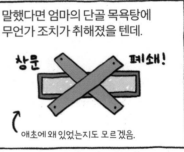

창문

폐쇄!

애초에 왜 있었는지도 모르겠음.

높은 곳에 →
얇고 긴 창.

후다닥

안타깝게도 생각이 거기까지 미치지
못하고, 자꾸 딴 길로 새 버리는
어린이였다.

근데, 더럽게
때 미는 걸
왜 보려고 하지?

역시는 역시

목욕탕에 갈 때마다 '목욕 의자, 큰 바가지, 작은 바가지, 세신사, 공용 치약 등등 목욕탕의 모습은 언제나 한결같네.'라고 생각했었다. 그러나 며칠 전 때를 밀 수 있는 '쪼그려 앉는 공간'이 사라진 목욕탕을 보고는 벌거벗은 채 범우주적 생각에 도달하고 말았다.

역시 영원한 건 없구나.

꼭 한 번은 해 보는 말

수영장
트라우마

혼자다니는 게 익숙해질 무렵

> 2시간 뒤에 데리러 올게.

수영 가방.

응.

까을

풍덩

1학년 여름 방학 때는 거의 수영장에서 살았다.

303

쏙 쏙

303

으쌰.

엄청난 실수를 하고 말았다.

짠!

둘루

♪

수영복 입는 걸 까먹고 수영장 입장.

내 모습을
같은 또래
남자애가
발견하곤,

너무
창피해!!

소리쳤다.

쟤 봐!
발가벗었다!!
우하하!!!

그래도 수영은
하고 가야지.

나는 그제야 깨닫고,

다시 탈의실로 뛰어 들어갔다.

목욕탕이랑
착각했어!

실수했다!
뭐?!

태연한 척.

지금보다 당당했던 나.

그러나 어쩔 수 없이
트라우마는 남아서

지금도 사우나와 수영장이
같이 있는 곳에 가면,

들어가는 문을
열기 전에

사우나
= 목욕탕
= 옷 벗는 곳.
ok?

ok!

버퍼링이 조금 걸린다.

실수는 실수

일로 만난 사람과 카톡으로 작업 이야기를 나누다가 관련 사진을 보낸다는 게 그만 내 바보 같은 셀카를 보내고 말았다. "이런 느낌은 어떠세요?"라는 부적절한 멘트와 함께. 하아…….

이런 실수는 가끔, 그러나 꾸준히 떠올라서 나를 괴롭게 한다. 이럴 때면 친한 친구가 나와 똑같은 실수를 저질렀다고 상상해 본다. 그럼 나는 진심으로 "괜찮아. 그럴 수도 있지 뭐."라고 말해 주겠지. 그럴 수 있는 일이라면, 스스로에게 조금은 더 너그러워져도 괜찮지 않을까? 어린 시절처럼 당당하게.

"그럴 수도 있지 뭐. 모르는 사람한테 셀카 좀 보낼 수도 있지."

참고로 일은 잘 성사되지 않았다. 셀카 때문이라고 생각하진 않겠다!

우리가
만나는 방법

그리고 어쩔 때는

소독차다!

부르릉

핸드폰이 없던 그 시절
친구들과 어떻게 만났을까?

엄마~ 밖에서
놀다 올게.

우아아!

후다닥

와글 와글

정답: 그냥 놀이터나 공원에
가면 친구들이 있었다.

어이!

그럼 이제
뭐 하고 놀까?

헥헥

이런 만남도 있었다.

조금 크고 나서는
학교에서 미리 약속을 정하거나

갑자기 약속 시간을 바꾸거나
취소하는 일은 불가능했다.

집 전화를 이용했다.

전화 예절 필수!

이미 나온 친구에게 사정을
전할 방법이 없었기 때문에.

가끔 기다리고 기다려도
친구가 오지 않으면,

(같은 시간)

직접 친구네 집에 찾아가기도.

친구를 찾으러 온 동네를
뛰어다니다가

타이밍이 안 맞으면
엇갈리기 십상이었다.

만나는 순간의 그 쾌감!

어차피 누가 맞는지
알 수 없기 때문에

잘잘못을 따지는 일도 없었다.

라는 평화로운 생각뿐이었다.

살아 있는 소리와 사라지는 소리

어느 오후, 올리와 산책을 하고 아파트로 돌아왔는데 공동 현관문 앞에서 작고 통통한 남자아이가 번호를 누르고 있었다. 나는 올리와 멀찍감치 뒤에 서서 문이 열리기를 기다렸다. 곧 이어 남자아이가 본인의 눈높이 정도에 오는 마이크에 입을 대고 말했다.

"안녕하세요. 저 태오 친구 찬영인데요."

집 비밀번호를 누르고 있는 줄 알았는데 친구 집에 놀러 온 모양이다. 오랜만에 듣는 그 반가운 소리에, 어린 날 내가 연습했던 문장 하나가 떠올랐다.

"안녕하세요. 저는 지연이 친구 하자토인데요, 혹시 지연이 집에 있나요?"

친구네 집에 전화하기 전에 몇 번씩 되뇌어 보고, 심호흡을 하고, 번호를 꾹꾹 누르고, 연결음을 기다렸다가, 마침내 외워 두었던 이 마법의 문장으로 친구를 소환하곤 했다. 이제는 어린이들도 스마트폰으로 연락을 한다고 하니 이런 경우가 없으리라 생각했는데, 공동 현관문 앞에서는 여전히 유효한 문장이었다. 사라진 줄 알았던 폴더 폰을 사용하는 사람을 본 것처럼 반가운 기분. 태오 친구 찬영이는 엘리베이터가 7층에 서자 올리에게 살짝 인사를 건네고 내렸다. '바르고 귀여운 아이야, 친구네서 재밌게 놀다 가렴.' 그 시절 어른들도 내 전화를 받으면서 이런 생각을 했을까.

며칠 전 친구가 어떤 사람에게 전화받는 시늉을 해 보라고 하면 옛날 사람인지 아닌지가 판명된다는 이야기를 했다. 우리는 당연히 엄지손가락을 귀에, 새끼손가락을 입에 대고 나머지 손가락은 접은 채 '여보세요?' 할 텐데, 스마트폰을 쓰는 요즘 아이들은 그냥 다섯 손가락을 오므려 얼굴 옆에

댄다고 한다. "오, 정말 그렇겠네!" 하고 감탄.

한 가지 더, 요즘 아이들은 '따르릉'이라는 단어를 이해하지 못할지도. '따르릉'의 사전적 의미는 '전화벨이나 자명종 따위가 한 번 울리는 소리.'라고 한다. 전화벨도 자명종도 더는 따르릉거리지 않는 요즘, 아이들은 전화벨 소리를 어떻게 표현할까?

따르릉의 후예가 궁금해지는 날이다.

떨어진
덕분에

바로 그때
엄마가 나타나서

엄마!

길을 가다가

으어에엑!

나를
매정하게
떨어뜨렸다.

발을 헛디뎌서

어엇?

으아아아

절벽에 아슬아슬하게 매달렸다.

아아아

나는 끝도 없이 밑으로 떨어지다가…

깼다.

하지만 덕분에 그 후로

자토는 키가 왜 이렇게 커?

꿈?!

그 시절 내가 자주 꿨던 꿈이다.

두리번
두리번

우유 좋아했어?

아뇨. 우유는 별로…

진짜 실감 나게 무서웠어….

눈물 찔끔.

그것보다 어릴 때 엄마가
절벽에서 자꾸 절 밀었어요.

응?!!

엄마 너무해….

꿈인데도 마음에 상처.

크흡.

매우 커 버렸다.

어디서나 잘 부딪힘

쿵

꺄빗!

*떨어지는 꿈 = 키 크는 꿈.

그 시절 용감

안전장치 하나 없는
정글짐에서 술래잡기.

쇳덩이

키의
몇 배나
되는
높이.

딱딱한 흙바닥.

(자매품: 초고속 뱅뱅이)

그 시절 ^안✓용감

강렬한
첫 경험

그리고 스케이트장의 한쪽,
천막으로 된 대기실에서는

← 이런 느낌.

겨울이 찾아오고

엄마들이 우리들을 기다리며

엄마
여기 있을게.

네.

마을의 강이
꽁꽁 얼면

다과 시간을 가졌다.
(천막 안)

도란도란

어린이 스케이트장이 개장되었다.

북적북적

그곳이 바로 사건이
발생한 곳이다.

신나게 스케이트를 타다가
잠시 대기실에 들어온 나.

막걸리였다.

강렬할 첫 경험이었다.

그때는 술을 왜 마시는지
도통 이해할 수가 없었는데,

지금은 백번 이해하는
그 시절 엄마들의 다과 시간.

지금은 없어서 못 먹는다.

마법의 주문

뭣도 모르고 막걸리를 먹었던 나는 오늘도 크게 숨을 들이쉬고 마음속으로 외친다.

모든 것은 원효 대사 해골 물이다!
원효 대사 해골 물이다.
원효 대사 해골 물이다.
원효 대사 해골 물이다.
원효 대사 해골 물이다.
원효 대사 해골 물이다.

스케이트장 데이트

반가우면
안 되는데

그럼 경찰 아저씨가
연필을 한 자루씩 주셨다.

아이구, 고맙구나.

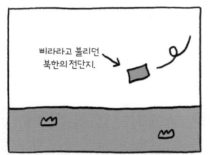

삐라라고 불리던
북한의 전단지.

나는 파출소에서 칭찬받는
그 일이 굉장히 뿌듯하고 즐거워서

이걸 주우면

평소에 삐라를 발견하면,

앗.

파출소에
가져갔다.

2장이나!

내용과 상관없이
반가운 마음.

지금은 달라

어렸을 때는 경찰도, 경찰서도 참 멋지다고 생각했다. 그래서 어떻게든 경찰서에 자주 가고 싶었는데, 이제는 아무리 멋져도 '평생 찾아가거나 불려갈 일 없었으면……' 하는 곳이 되어 버렸다.

어른이 되니 그저 피하고 싶은 일만 잔뜩 생긴다.

주울까 말까

텔레비전에
내가 나왔으면

빙어 낚시는 처음 봐서,

구멍이네!

기웃 기웃

(겨울 방학)

아저씨가 잡은 거 볼래?

우아

여기저기 구경하다가

(열쇠로 직접 잠그던 시절.)

썰매도 있다!

썰매 대여

나도 할 수 있을 것 같은 걸 발견,

빙어 축제

와~

가족들과 강원도 빙어 축제에 갔다.

아빠! 여기!

썰매

아빠를 소환했다.

한다고 하자,

여기!!!

재밌고 추워!

복잡한 심경으로 썰매를 타던 중,

우르르

촬영 팀이 몰려왔고….

실례합니다~

이거 들고 오늘 축제 와서 기분이 어떤지 말해 주면 돼요!

MBC 뉴슨데요, 어린이 인터뷰 좀 할 수 있을까요?

축제를 취재하던 방송국 아저씨가 날 섭외했다.

아빠랑 썰매 타서

춥긴한데 신나고요~

내 인생 최초의 TV 출연이 확정되었다.

인터뷰가 끝나고

다시 우리리

집에 돌아와서

나 나오면 녹화해야지!

펩시맨~!

오늘 저녁 뉴스에 나온 다니까 얼른 집에 가자!

모두 모여 뉴스를 봤다.

빙어 축제 나온다!

짜식이 말 잘하던데?

이모랑 삼촌한테도 뉴스 보라고 전화하자.

아빠랑 썰매 타서 춥긴한데 신나고요~

두둥!!!

나온다!

(왠지 뿌듯.)

빨리 가자!

헤 헤

내 얼굴이랑 목소리가 저렇다고?!

동영상이 흔치 않던 시절, 처음 본 영상 속 내 모습은 충격이었다.

우선순위

내가 아는 나

공중파에 두 번 출연했다. 한 번은 빙어 축제에서 썰매를 타다가 인터뷰이로 뉴스에 나왔고, 또 한 번은 대학생 때 웃찾사 공연을 보러 갔다가 관객석에서 웃고 있는 얼굴이 클로즈업되어 방송을 탔다. 카메라를 통해 본 내 모습은 좀처럼 익숙해지지 않는다. 지금도 영상 속 내 모습을 볼 때면, '다른 사람이 날 볼 때 이런 느낌이라고? 으으, 별로야.' 하고 머리를 도리도리 휘젓는다.

그럼 나는 어떻게 보이고 싶은 걸까. 어느 날 한 예능 프로그램에서 이효리가 들려준 에피소드에 마음이 동했다. 나무 의자의 밑바닥을 열심히 다듬던 남편 이상순에게 "여긴 안 보이잖아. 누가 알겠어?"라고 물었더니, 그는 "내가 알잖아."라고 대답했단다.

'남이 보는 나'보다 '내가 아는 나'에 더 큰 가치를 둘 때, 삶이 만족스러워진다. 지금 내가 듣고 싶은, 꼭 들어야 할 이야기였다.

까느냐
개느냐

언니랑 나는
방바닥에
이불을 펴고
잤다.

그 시절 나에겐
침대가 없었다.

내방 가서
놀자.

잘 때 불편하다고
느낀 적은 딱히
없었으나

가끔 침대가 있는
친구 집에 가면,

오 침대~

점프
하고
놀래?

이불을 펴고 개는 게
너무 귀찮아서

비몽사몽
하~앙

침대 최고!

폴짝
콩
폴짝
콩

철도 없었다.

침대가
있었으면…
했던 것
같다.

영실이는
이불 안 개서 좋겠다.

이불을 펴고 개는 건

이불을
펴는 건

매번 가위바위보로
결정했다.

비교적

편하고

이기면 고민 없이
펴는 쪽을 택했다.

그럼 전
이불 깔러
가겠습니다!

쉬웠기
때문.

그다음은 베개~

215

하지만
가위바위보를
했더라도

그래서 언니가
중학생이
되고 난 후에는

늦잠을 자면

이불을
개는 일이
아주 자연스럽게

일찍 등교함.

어쩔 수 없이
이불을 개야 했다.

내 몫이
되고 말았다는
억울한 이야기.

물론 지금은
이불을 펴고
자고 싶어도

가끔은 이불 펴고
자는 것도 좋지.

거실 바닥.

잘 수 없는
몸이 되어
더 억울.

(다음 날 아침)

로망에 대해서

'언젠가는 부모님이 2층 침대를 사 주시지 않을까? 그럼 위층 침대를 차지해야지.' 어린 시절 언니와 같은 방을 쓰던 나는 줄곧 이런 생각을 했다. 실제로 2층 침대를 본 적도 없으면서, 2층 침대는 뭐니 뭐니 해도 사다리를 타는 맛일 거라고 제멋대로 상상하곤 했다.

내가 2층 침대에 대한 로망을 이룬 건 그로부터 아주 먼 미래, 스위스로 여행을 갔을 때다. 호스텔에 체크인을 하는데 그곳 직원은 유감스럽다는 표정으로 아래층 침대는 이미 꽉 차서 위층 밖에 남지 않았다고 말했다. 그의 표정에 살짝 의아함을 느끼며, 드디어 2층 침대에서 잠을 자게 됐다며 설레는 마음으로 침대를 배정받았다.

그 직후 나의 고군분투가 시작되었다. 위층 침대는 뭐 하나 편한 것이 없었다. 매트리스 커버를 씌우기가 어려워 낑낑대다가 결국 대충 펼쳐 놓고 지냈으며, 캐리어에서 짐을 꺼내거나 화장실에 갈 때면 매번 사다리를 오르락내리락거려야 했다. 또 밤에는 내가 움직이면 아래층 사람이 시끄럽다고 할까 봐 최대한 부동자세를 유지하며 잠에 들었다. 그날 밤 아래층 사람은 거하게 코를 골았고, 나는 잠을 설치며 억울해했다.

로망은 실상에 대한 무지로부터 시작되나 보다. 막상 이루고 보면 현실과의 괴리감에 실망하는 경우가 많겠지. 대학 생활에 대한 로망, 직장인에 대한 로망, 도시에 대한 로망, 귀촌에 대한 로망 등등.

그렇다고 로망을 깨 버리겠다며 과거로 돌아가, 8살 나에게 2층 침대는 이래서 저래서 별로라고 백번 설명해 봐라. 내가 귓등으로라도 듣겠나. "아니

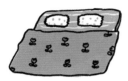

야! 그래도 나는 갖고 싶다고!" 고집스럽게 외칠 게 분명하다. 로망과 어린이의 고집은 좀처럼 마음대로 되지 않는다.

지구
멸망의 날

선생님은 진지하게 이야기하셨다.

> 혹시 요즘 밀레니엄 버그라고 들어 본 적 있나요?

1999년 12월, 겨울 방학하는 날.

> 모두들 문제없이 한 해를 잘 마무리 해야겠죠?

네~!

현재 컴퓨터들은 연도를 끝 두자리 숫자로 인식하고 있는데요,

1997 → 97
1998 → 98
1999 → 99

> 그런데 여러분, 내년이 몇 년도인가요?

2000년요!

컴퓨터가 새로 오는 2000년을 '00'으로 인식해서 1900년과 혼동할 수 있다고 해요.

2000 → 00

> 네. 그것이 바로

심각

> 우리에게 닥친 큰 문제 입니다.

그렇게 되면 세계 모든 전산망이 마비될 수 있다고 예측하고 있어요.

1900?
2000?

작게는 가정에 있는 컴퓨터부터,

실제로 밀레니엄 버그는 뉴스에 나올 정도로 일어날 가능성이 큰 문제였고,

Y2K! 밀레니엄 버그 어쩌고저쩌고.

전 세계 은행, 병원, 공항 등등

우리는 마구 걱정했다.

D-3

갑자기 정전돼서 깜깜해질 거래.

흐억

모든 곳이 마비되어

지구는 종말!

!!!!!!

D-2

하늘에 있던 비행기들은 다 추락한대!

허억

어머, 시간이 벌써 이렇게 되었네요.

그럼 모두 내년 개학 날 무사히 만나길 바라요!

알 수 없는 선생님의 마음이었다.

그래서 일단 방학 숙제는 안 하고 있어….

그래, 어떻게 될지 모르니까.

심각

12월 31일이 되었을 때,

나는 그날 지구 종말이라는
거대한 걱정을 안고

세상에는 새천년에 대한
기대와 놀라움,
그리고

1000!

뒤척이다 잠에 들었다.

으으음...

밀레니엄 버그에 대한
불안감이 섞여
묘한 분위기가 흘렀다.

쨍그랑!

다음 날이 되었을 때,

적어도 나에게는 정말 그랬다.

이게
마지막
일기라면?!

당연히 아무 일도
일어나지 않았다.

모두
괜찮은 건가.

새천년

새천년이 시작되었지만 바뀌는 것은 없었다.
우리는 계속해서 이렇게 살아가겠지.

새천년이 되자

따라라라
딴딴!

하기 싫어….

애증의 국민 체조가 사라지고,

'새천년 체조'라는 것이 등장했다.
(뭔가 더 부끄러워진 포즈.)

넓고 북적이던 나의 세상

그곳엔 친척들이 모여 있고,

자토~

길 안 막혔니?

엄마~ 나 토요일에 영실이네 집에 놀러 가도 돼?

강아지들도 있고,

왕왕!!!(자토다!)

이모 집에 가려고 했는데?

슈퍼가서 먹고 싶은 거 사 와.

감사합니다~

친척 어른.

영실아, 내가 토요일엔 중요한 일이 있어서….

응. 월요일에 봐.

나는 이모 집에 가는 걸 좋아했다.

(옥수수 캔 사 옴. 평소엔 엄마가 못 먹게 함.)

먹고 싶다는데 먹게 해 줘라. (이모)

옥수수 캔도 먹을 수 있었기 때문이었을까.

저녁에 어른들이
고스톱을 치면

생각해 보면
나는 마치

나는 그 모습을
구경하거나,

(집 가는 길)

친척 언니 방에 가서
놀았는데,

더 넓고 북적이는 세상에
다녀온 것처럼 즐거워했다.

언니의 이야기는 항상 짓궂었지만
중독성 있었다.

실제로 우리 집보다
이모 집이 더
넓기도 했고.

중학생이
되고 난 후부터

엄청 크게
맞춘 교복.

그렇게 왕래가 점점
뜸해진 그곳은

주말에
이모네 갈래?

다음 주
시험이에요.

친척 언니 출가.

내일
이모네
갈래?

약속
있어.

친척 오빠 출가.

나에겐
더 중요한 일이
많아졌다.

이모네
갈래?

그냥
집에
있을래.

천국행.

더 넓어지고 있었을까?

그리고
아주 오랜만에

엄마,
이모네
가려고.

와, 아파트
그대로야.

나도
갈래.

놀이터도 그대로.

오랜만이다.
이제 이모랑
이모부뿐인가.

몇 층이었지?

8층!

이모 집에 갔던 날,

위잉—

시간이 멈춰 있는 듯
모든 게 그대로였다.

단 한 가지
변한 건,

항상 넓다고
생각했던 그곳이

시간이 흐르고
다시 보니,

놀라울
정도로

엄청나게
작게 느껴졌다.

작아져 버린 집이었다.

(집에 돌아가는 길)

엄마,
이모 집이 원래
이렇게 작았나?

너무 순식간에
커 버렸구나.

작았지.
그런데도
맨날 잘도
모여서 놀았지?

어렸을 때는 되게
큰 줄 알았는데
오늘 보고 놀랐어.

커 버려서
그만큼

하하.
네가 크긴
컸나 보다.

세상이
좁아져 버렸어.

궁금하고
신기한 게
가득했던
세상은

그러니까
나의 세상이
가장 컸던 건

정말 넓고
찬란했는데

많이 배우고

지금은 정말이지
좁아져 버렸다.

많이 경험한

익숙해져서
모를 뿐.

지금이 아니라,

편견 없이,

두려움 없이,

세상을
볼 수 있었던

그때였음을
깨달았다.

'신남'을 찾습니다

무더위를 피해 잔뜩 기대를 하고 찾아간 야외 풀장의 물은 전혀 시원하지 않았다. 차로 2시간이나 달려왔는데……. 미지근한 물에 빼곡하게 들어찬 사람들 틈에 있자니 내 표정도 점점 미지근해졌다. 그나마 내가 시원한 미소를 지을 수 있는 곳은 풀장 옆 푸드 코트였다. 그곳엔 시원한 생맥주가 있었다. 지친 마음을 달래며 맥주를 들이켜는데 8살쯤 되어 보이는 어린이가 옆에 있던 엄마에게 외쳤다.

"우리 꼭 또 오자! 나 무지무지 재밌었어!"

그 순간 깨달았다. 내가 생맥주에 겨우 위로받고 있는 지금, 이곳에 있는 모든 아이들은 무지무지 재밌을 것이라는 걸.

그러고 보니 나도 꼬마였을 때는 어디를 가든 신이 났다. 워터 파크는 물론 놀이터를 가도, 기차를 타도, 심지어는 자주 보지 못해 어색한 친척 집에 가도 알 수 없이 신이 났다. 친척의 의사와는 상관없이 자고 가고 싶다는 의견을 내놓을 정도로.

그러나 이제는 비행기를 타고 해외여행을 가도 '좋다.' 하는 기분이 들긴 하지만 무지무지 신이 나지는 않아서 당황스럽다. 그런 기분을 10대와 20대를 지나는 사이 어딘가에 깜박하고 두고 온 걸까. 아니면 그런 감정은 어린이와 청춘들의 특권인 걸까.

세상에 익숙해져서 대부분의 상황에 크게 들뜨지 않고 잘 헤쳐 나갈 수 있게 된 것은 감사하지만 '신남'에 무덤덤해지는 건 조금 억울하다. 남은 인생에서 무엇을 하며 '신남'을 느껴야 하나. 당장 떠오르는 건 '생각 없이 펑

펑 돈 쓰기'뿐. 다행히(?) 익숙하지 않아서, 분명 어릴 때처럼 신이 날 테지.
암 그렇고 말고.

천국에서는

기억에 남는 건 언제나

그럼 이제 ○○대회 수상자 발표와 시상이 있겠습니다.

월요일 아침.

첫째로 …
둘째로 …
해야 하고 …
셋째로 …….

대상 4학년 1반 AAA,
최우수상 3학년 3반 BBB,
우수상 2학년 2반 하자토,

야, 너 불렀어.

힘들다, 힘들어.

나도?!

이상입니다. 대상 4학년 1반 AAA 군이 대표로 수상하도록 하겠습니다.

끝으로 …
마지막으로 … 합시다.

끝?!

나도~?!

짝짝짝   짝짝짝

교실에 돌아와, 담임 선생님께 상장을 전달받고,

잘했어요~

수업을 마치고는

애들이 오재미하쟤!

자, 이제 수업 시작할까요.

오늘은 안 할래!

엥? 안녕~

교과서 펴세요~ 어제 어디까지 했죠?

얼른 가서 엄마 보여 줘야지!

그날은 하루 종일 기분이 설렜다.

평소보다 빠르게 귀가.

235

(그날 밤)

8천 원요.

내가 그날 어떤 상장을 받았는지는
정확히 기억나지 않지만,

투명 파일철에 모음.
↓

상장
?

자토 첫 상장 기념 치킨이다!

우리가 맛있는 걸 나눠 먹었고,

그럼 다들 내 덕분에
치킨 먹는 거야?

함께 많이 웃었다는 건
기억이 난다.

그래. 고맙다! 돈은 아빠가 냈지만.

ㅋㅋㅋ   ㅋㅋ   ㅋㅋㅋ

기억에 남는 건
언제나 그런 것들이다.

가끔씩 떠오르는

무언가를 기억하고 기억하지 못하고는 내가 무의식적으로 선택하는 걸까? 정말 사소해서 딱히 기억하려고 한 게 아닌데, 불현듯 내 안에서 떠오르는 다정한 말들이 있다.

친구들과 숨바꼭질 비슷한 '경찰과 도둑' 놀이를 하고 있었다. 나는 도둑 팀이라 아파트 옥상에 숨어 있었는데 경찰 팀이었던 남자아이가 올라와 나를 발견했다. 내가 "들켰다!" 하며 아쉬워하니 그 아이가 잠시 주변을 살피며 말했다.

"도망가. 다른 애들한테는 비밀이야."

그 아이 뒤로 저무는 저녁노을이 멋져 보였다.

이번엔 학급에서 『미녀와 야수』로 연극을 준비할 때의 일이다. 상황이 어떻게 된 건지 몰라도, 내가 대본도 쓰고 연출도 맡게 되었는데 결정적으로 나는 촛대 역할을 택했다. 나중에 연극이 끝나고 담임 선생님이 나를 따로 불러 말씀하셨다.

"자토가 모두 준비해 놓고 왜 주인공 안 했어? 배려심이 많구나."

촛대 역할을 했어도 충분히 좋았다.

1학년 때 아침마다 나, 언니, 동네 친구, 이렇게 셋이서 함께 등교를 했다. 어느 날, 집에서부터 속이 좋지 않았던 나는 교문에 거의 다다랐을 때 많은 애들이 보는 앞에서 "웩!" 하고 토를 했다. 그러자 친구는 아무 말 없이 멀리 도망갔다. 그럴 수 있다고 생각했지만 슬펐다. 평소에 쌀쌀맞던 언니가 등을 두드려 주며 속삭였다.

"다 했어? 괜찮아!"

덕분에 나는 부끄럽지 않았다.

'도망가.', '배려심이 많구나.', '괜찮아!'

오랜 시간 동안 나의 어딘가에 살고 있다가 문득 한 번씩 말을 거는 문장들. 분명히 이유가 있어서 잊지 않았겠지. 그러니 지금까지 소중히 품고 있었겠지. 앞으로도 나는 이런 말들을 마음 한편에 차곡차곡 모으며 살아가겠지. 내 문장도 누군가에게 다정하게 담겨 있다가 가끔씩 떠오른다면 정말 기쁠 텐데.

지금까지
'우리는 원래 더 귀여웠다'
투어였습니다

에필로그 ✱

앞으로도
귀엽기로 해요

그 시절 내가 기대했던
아주 멋진 어른이 된 것 같진 않지만,
뭐, 괜찮지 않나요?

어쨌든 우리는 귀여웠고,
여전히 귀엽고,
앞으로도 귀여울 테니까요.

모두들 크느라고 정말 수고했어요.

우리는 원래 더 귀여웠다

새콤달콤 레트로 탐구 생활

초판 1쇄 발행 • 2020년 2월 5일

글·그림 • 자토
펴낸이 • 강일우
편집 • 서대영
디자인 • newbyold
조판 • 이주니
펴낸곳 • (주)창비교육
등록 • 2014년 6월 20일 제2014-000183호
주소 • 04004 서울특별시 마포구 월드컵로12길 7
전화 • 1833-7247
팩스 • 영업 070-4838-4938 / 편집 02-6949-0953
홈페이지 • www.changbiedu.com
전자우편 • textbook@changbi.com

ⓒ 자토 2020
ISBN 979-11-89228-86-6 03810

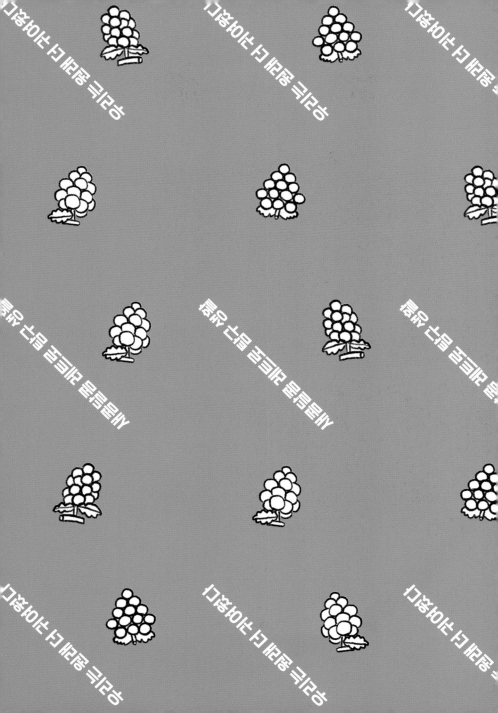